FLORET
READING

小花阅读

我们只写有爱的故事

青春阅读　幸得相见

大鱼

有爱的青春陪伴者

——你是不是喜欢我呀?
——笨蛋，你怎么才看出来?

初见你的美丽晴天

chengyiqing
works

程亦清 著

花山文艺出版社

程亦清

Cheng Yi Qing

小花阅读签约作者

外号：阿宅。

一个具有段子手灵魂的少女，

经常扮演话题终结者。

喜欢看文，甜虐皆可，

日常沉迷二次元。

喜欢写生活气息多一点的故事，

希望自己的文字可以带给其他人共鸣。

已上市：《她是小温暖》《独宠小青梅》

ZUOZHEJIANJIE

目　录

CONTENTS

目 录

contents

Chapter 01 陌生熟悉的相遇

1

天还没完全亮，林佳一就从噩梦中惊醒，此时窗外黑蒙蒙的天空闪了一闪，像一把银刀划开了一个口子。

她伸手摸了摸后脖颈的薄汗，凉风顺着窗户的缝隙吹进来，激起她身上一层的鸡皮疙瘩。

又是一个难缠的梦。

她梦见自己因为业绩不好，正在被领导劈头盖脸地骂。自从她离开学校，开始就业后就没睡过一天好觉，每天上班要承受高度的精神压力，就连回家睡个觉也不得安生。

两天前她受不了高强度的工作压力毅然决定辞职，人事大姐当时还关心她问到底怎么了，她只是艰难地扯出一个微笑，爽快地在离职申请表上签了字。

她躺回床上，闭目养神，手抓紧了盖在身上的被子往上提了提，心想，又睡不着了。

室内一片漆黑，她全无睡意，只能睁着眼睛看破晓天光留在地板上的影绰痕迹。

那股噩梦后的余味在她心中乱窜，她呼了一口气，然后努力平复自己的情绪，随后闭上眼睛养神一直到天亮。

她刚辞了职，不用早起，躺在床上一直磨蹭到晌午才准备起床。正午的阳光袭上被褥，柔软而温暖，她揉了揉自己被刺激的蒙眬双眼，然后走出房间。

林佳一后半夜基本就没睡，精神欠佳地打了个哈欠，路过林森房间的时候，余光瞥见了房间里的黑影，忽然顿足。

她瞅着里面的人好奇地想，这“货”怎么没去上班？

林森站在玻璃镜前面打量自己，今天他特意换了一身深蓝色的休闲套装，头发也比平常干净整洁不少。长时间在医院加班的他已经很久没有这么干净清爽过了，大多数都是一件衣服穿好几天，就连袜子都是忍无可忍了才会去洗。

林佳一端着一杯水懒洋洋地抬眼正巧瞥见了林森用手指捏衣领的

动作——那叫一个风骚啊。

其实扪心自问，林森长得的确不错，身材是恰到好处的匀称，脸形长得也非常讲究，侧面看还能瞧见棱角分明的下颌线。那张脸上学的时候就没少欺骗芳心躁动的小女生，让林佳一当了几年的情书搬运工。

不过作为妹妹来说，自己哥哥这张脸就是长得多逆天，她看二十来年也早就看腻了，甚至……感觉有点油腻。

“差不多得了。”林佳一端着水杯，懒洋洋打断了林森的自我欣赏。

“哟！”林森发出阴阳怪气的语调，然后回身，看见林佳一脸上带着少许疲惫，眼眶下的黑色地带越发明显，“你昨天晚上这是和鬼掐架了？”

林佳一抿了口水抬头“啧”了一声，抬头瞪了他一眼。

“行啦，多大点儿事，瞧把你弄得人不人鬼不鬼的。”林森知道她刚开始就业有点承受不住。工作无非就分为三类：高端的没能力接受，低端的自尊心又受不了，中端水平的工作不是销售就是一些其他技术岗位。对于林佳一这种学管理类的毕业生来讲，一没有技能，二没有方向，找工作确实难了点儿。

说白了，就是有点高不成低不就的意思。

“瞧你这点出息。”林森伸手揉了揉她本来就毛躁的头发。

林佳一没睡好，心里烦躁得很，出言就是挤对：“你打扮得人模狗样儿的是打算去哪儿啊？”她突然想起前两天母亲好像有意给林森安排相亲的事情，瞬间瞪大了眼，“怎么，老妈给你安排局了？”

林森伸手掐起林佳一脸颊上仅有的一点皮肉，笑着呵斥：“你怎么和你哥我说话呢？”

林森下手可不含糊，林佳一被掐得吃痛，连声号叫：“你放手，我错了还不行吗？”

林森松开手，双臂抱胸端看着她。

林佳一揉揉自己被掐过的脸蛋，正色道：“我跟你说正经的，妈现在可想抱孙子呢，一个劲地想把你安排出去。”

“没事，最近医院忙得要死，我哪有时间相亲啊。咱妈知道我忙，不好意思开口，我又不搭腔，她不就没辙了吗？”林森耸耸肩得意地说。

“偷奸耍滑。”林佳一小声嘀咕。

“你说什么？”林森提高音量问。

“没，我说您天资聪颖。”林佳一谄笑，随后伸出手指上下晃动地指着林森这一身“骚气”的装扮问，“那你这是什么意思？”

林森解释：“我有一个朋友要回榕城了，我今天去机场接他。”说完他又自顾自地念叨，声音竟然有种温柔出水的感觉，“哎呀，好多年没见了，我还真有点想他了。”

林佳一脑子被林森突然的柔声细语给弄蒙了，随后一个想法在脑子里生根发芽，怪不得林森一直抗拒相亲的事，这厮是瞒着整个家族搞了个女朋友回来了啊。

林佳一会这么想其实并不奇怪，林森在医院工作的这两年几乎是忙得像只狗，逢年过节也没几天假期，固定休息日也几乎都泡在医院里。上次林母通过一些亲戚给寻觅了一个漂亮姑娘和林森见一面，结果硬是被他用没有时间的理由给搪塞过去了。林母因为他不肯调休去相亲

的事情生了好几天闷气，林佳一用尽浑身解数才给哄好，事后她敲诈了林森半个月的工资作为报酬。

结果，今天他竟然特意请假去机场接人——有猫腻。

说不是心上人，鬼都不信。

林佳一想到这不屑地撇撇嘴。

睡衣的袖子被人轻轻地拉了拉，林佳一抬眼去看林森，后者一脸笑意地对着她，这让她原本就因为噩梦惊扰后的神经变得更紧绷了些。

这笑意明显代表着不怀好意。

“说。”林佳一言简意赅，受不了他用这样油腻的表情对着自己，她怕自己会消化不良。

“哥求你个事呗。”林森轻声细语，和刚才掐人的态度简直判若两人。

“简单点。”林佳一抬了一下眼皮，右眼跟应景一样竟然突突开始跳了起来，直觉告诉她，一定不是什么好事。

林森脸上的奸笑彻底荡漾开，向林佳一勾了勾手指头。

她狐疑地把脸靠近，林森用手扣在她的耳朵上，小声絮絮叨叨了一句话。

林佳一听完后抬头直接拒绝：“不行。”

“你帮哥一次吧。”林森说，“我在老爸那儿的不良记录次数太多了，不能再犯了。”

“爸也是为你好，上次你就把车开进草丛里面去了，你忘了？”林佳一一针见血地翻出他以前“作妖”的事迹。

林森方向感极差，第一次上道就把车开进了街边的小树丛里面，为此林父决定不给林森配车，他想用车的时候，偶尔会偷父亲的车钥匙。

“你就用赵糖教你的技能，试一下。”林森继续诱导，“你跟我去，你来开不就行了，这个时间不好打车了。”林森把手腕上的表递给林佳一看，这个时间正是出租车司机吃午饭交班的时间，的确不好打车。

林佳一没动静，林森便使出撒手锏。

“老规矩。”

林佳一眉毛挑了一下，然后多伸出一个手指。

林森暗自咬牙，这货竟然坐地起价，有这样的妹妹吗？

“成交。”说完这句话，林森觉得自己吐出了一口血，差点身亡。

2

林佳一抓着门把手推开一条细小的缝隙，稍稍探头瞅了瞅确定没有人，然后像个小滑头一样溜进父亲的书房。林父出身书香门第，是个大学教授，平常最大的爱好就是读读古书，写写毛笔字。

书房面积不大，有两架书柜，上面都是古书，墙上还挂着一幅最近刚写好的字帖，笔锋刚劲有力，临摹的正是王羲之的《兰亭序》。

林佳一没心情欣赏父亲的才华，她目标锁定了挂在衣架上的外套，快步走了过去，掏遍衣服所有的兜，终于在内兜里摸到了车钥匙。

然而她还来不及拿走，书房外就有脚步声传来，随后门开了。

林父架着一副银边眼镜，看到女儿一点也不诧异，慢悠悠地踱着步子，然后询问道：“今天没有面试吗？”

林佳一手指攥紧藏在身后的车钥匙，脸不红心不跳地扯谎：“没有，可能最近公司都不缺人吧。”

林父懒得听她的鬼扯，金秋九月，正是各个高校的秋招阶段，各家公司都是大批量加大招人力度。

“如果实在不想工作，就考研吧。”林父叹口气，坐在书桌前，语重心长地建议，“正好今年榕城大学研究生的名额还空着。”

“爸。”林佳一张口，声音提高了一个度。

“怎么？”林父抬眼瞅着站在面前的闺女，心中惆怅万千。

林佳一从小到大被保护得太好了，就像一朵温室里成长的玫瑰，受不了一点风吹雨打。再加上她的性子又是雷厉风行，想做什么做什么，完全受不得别人一点束缚。在学校的时候再怎么撒泼任性，都有家长护着；可是一旦进了社会，就必须遵守生存法则，除了自己，没人能帮助熬过这道坎。

然而现在的林佳一，显然就是熬不过这道坎。

“你容我想想行吗？”林佳一小声说道，脸上挂着委屈。

“去吧。”林父见状，始终是不忍心说重话。

林佳一把身后攥着钥匙的手很巧妙地随着身体的转变换了位置，一点也看不出伪装的痕迹。

“等等。”林父叫她。

林佳一心中一跳，大叫不好。

“少和你哥瞎折腾，外出的时候注意点，你不让人放心，你哥也不让人省心。”林父交代道。

姜还是老的辣，林父怎么可能看不出平常根本不进书房的林佳一的来意到底是什么。

“知道啦。”林佳一应道，拉开门离开书房。

林父再次重重地叹了口气。

林森早就在车库等着了。

林佳一驾轻就熟地把车开了出来，林森坐进副驾驶。

“怎么，老爸发现没？”林森问道。

林佳一瞪他，口气不佳：“你说呢？”

林森“嘿嘿”笑道：“你去爸不会说什么，换成我绝对就是鸡毛掸子伺候了。”

林森皮，小时候没少挨打，家里青花瓷瓶里插着的鸡毛掸子就是来震慑他的。

“不过你这技术不到家啊，在赵糖那儿也没学到精髓。”他懒洋洋地靠在车椅靠背上，大言不惭地评价道。

林佳一打着方向盘，把车开出小区，不屑道：“偷鸡摸狗的技术有什么好炫耀的，你以为谁都像你一样，披着两尺厚的脸皮呢？”

“你……”林森被噎了一下。他不得不承认，有时候他耍嘴炮还真耍不过她。

正值九月金秋，北方的天气转凉，昨夜下了一场秋雨，给本来就低的温度增添了一层透心的寒意。

林佳一开了小暖风，车已经在路上行驶过半，她诧异身边竟然没了动静，转头一看，林森已经歪着头睡着了，本想问他到底去接什么人的话硬是给咽了下去。

自从林森进医院就职之后，就没怎么好好休息过，即使今天好好整理了一番，可面容上的疲倦是无法用任何东西来修饰掩盖的。

许是暖风不够足，林森下意识缩了一下脖子。

林佳一怕他感冒，不敢把暖风开得太足，于是在等红灯的时候，把自己的外套脱下来盖在了林森的身上。

林佳一打着方向盘，在停车场来来回回绕了半天，也没找到一个停车位。这时林森已经醒了，他迷糊着，嗓子有点哑：“别找了，你就在这儿等着吧。”他看了一眼手表，“还有十分钟，我接了人就赶紧出来。”

林佳一点头：“那你快点啊。”

“嗯。”林森扯下盖在身上的衣服，随后打开车门的动作一顿，转过身来胡乱扒拉一下林佳一的头，“还知道心疼哥，真没白疼你。”

林佳一的头发被拨乱，她忍着即将爆发的怒意，咬牙道：“滚。”

林森大笑，下了车。

机场人流肆意，车走了一辆又一辆，林佳一等得有点久了，忍不住腹诽，林森那个浑蛋明明说好的十分钟都成了狗屁。

林佳一百无聊赖地玩起了“消消乐”，越到后面越难，她耐心不好，甩了手机就不玩了，抬头便看见林森和一个穿着灰色衬衫的男人出了机场大门。

两个人勾肩搭背，有说有笑，看起来还有点……“暧昧”。

男人比林森高出半个头，距离有点远，她看不清人长什么样子，不过从大致轮廓上来看，初步判定应该是一个帅哥。

两人走了几步，停下了，不知道是说起什么好笑的东西了，林森还凑近那个男人的耳边说话。

林佳一身上顿时起了一层鸡皮疙瘩。

我的天！林佳一心中警铃大作,这不会就是林森的“女朋友”了吧。

她突然想着，林森这么多年没有女朋友的事家里一直惦记，上学时候大多数男生情窦初开，他却视那些情书如无物，后来毕业了也一直没有正经处过对象，家里人都认为他忙，却从来没想到……原来是这等隐晦原因。

不行！林佳一心里大叫，她不能看着林森迈入火坑却不拉一把啊，何况这要是被父亲知道，就不是一顿鸡毛掸子的事情了。

林佳一迅速推开车门下了车，用百米冲刺的速度往前奔去，她来不及和陌生男人打招呼客套，拽着林森就往旁边走。

“你干什么啊？”林森脖领子被拽得难受，厉声道，“林佳一你是不是疯了？”

“我看你才是疯了呢？”林佳一死都不撒手，瞄了一下后边的男人又说，“你说你平常不着调也就算了，你真打算把爸气死吗？”

“说什么呢你？”林森皱眉。

林佳一指了指不远处的男人，又生气又隐晦地说：“你什么我都能忍，但是你想让他……让他……门都没有。”她声音不算小，正好被站在不远处的男人听得一清二楚。

那人笑了起来，林佳一觉得那笑声穿透耳膜，刺激得头皮开始发麻。

林森也后知后觉听明白了，挣开林佳一的手，失笑道：“你少看点小说吧，一天到晚脑子里没个正经的东西。”

“喏，给你介绍一下。”林森指着男人，“我大学同学，叫……”

男人抢先开口道：“李昀。”

平静的海水被人抛下一个石子，荡漾出微波粼粼的水纹。

林佳一听到名字的瞬间有点愣怔，她对这个名字并不陌生，那种感觉就像海中的一块礁石，不明显，却总会留有一寸之地。

她万万没想到，会与这个陌生又熟悉的男人，这样相遇。

3

林佳一第一百零一次偷偷地用余光瞄后视镜里面的男人。后视镜的角度有些偏，只能看见男人修长的侧脸线条，左侧的眉眼俊朗，眼角还带有些许的笑意。他在和林森叙旧，声音缓缓地在车内有限的空间里流淌，不断地刺激她的耳膜。

她心里紧张地打鼓，刚刚在李昀面前出了那么大的糗，这股后劲还没过去。

她第一次听说李昀，还是林森念大一的时候，那时她高一，对大学生活有一定的憧憬，每次都期盼林森回家能和她说点有趣的事。

而她在林森嘴里最常听说的就是李昀。

印象最深刻的一件事儿是，李昀在公开课上泡妞，结果被教授抓个正着，那封出自他手笔的情书在大庭广众之下被读出来，写了一溜儿狗屁情话，什么“你是我心中的野玫瑰”“你的芬芳扰乱了我的心”……全是百度贴吧里那些文艺签名和句子的摘抄。

当时林森说给她听的时候，把她乐得在床上打滚。

后来她又从林森口中听说，李昀这个混账东西把学校池塘里面的小乌龟给偷走了，放在了宿舍阿姨的宠物狗的饭盆里，把辅导员气得够呛。

从那时候起，林佳一每到寒暑假就很是期待林森回家，然后听他讲一些关于李昀的事情。不知不觉中，她对这个闻名学校的小混账无比好奇，她本以为考上榕城大学有机会和他见一面，却在林森大二那年听说，李昀挂学籍去当兵了。

之后，她再也没听到林森提过李昀，她也以为自己已经不记得这个人了，直到今天以这样的方式相遇，她发现自己依然记得他，以前只是没人再提起他的名字而已。

“你说你以前多混账，我毕业的时候辅导员还问我有没有和你联系呢。”林森大笑，“就连宿舍阿姨的狗听到你的名字还要多叫两声呢。”

李昀目光扫过后视镜里偷瞄的林佳一，笑道：“我记得那封情书后来被辅导员没收了是吧？”

林森摆手：“什么啊，是张教授给拿走了，还贴在了系院的公众栏上，就是为了提醒大家以后上他的课别整一些用不着的。”林森说到这话题止不住了，“你说你那些肉麻的情话到底是在哪个网站抄的啊？”

当时李昀写的可是一首情诗，不过就是有点低俗。

“书上呗。”李昀一本正经地瞎说，“我们要发挥学以致用的精神。”

林森“呸”了一声：“嘁，你我还不知道，就是看人家姑娘文静，想卖弄一下风骚，结果撞到老虎牙齿上了。”

林森说到这儿戛然而止，李昀也只是笑了笑没说话。

车里一时间安静下来，林佳一的心跳声就像寂静丛林中突然响起的鼓声，密集而悠远。

“什么意思？”林佳一心里紧张，但还是忍不住好奇的八卦心开口问道。

林森憋着笑：“佳一，我和你说，你别看这人长得猴精，泡妞的手段可笨了，那情书被教授当众念完之后，那女生事后找到李昀，结果你猜怎么着了？”

林佳一看了一眼李昀，后者脸上挂着笑。

“结果那姑娘根本就不是吃素的，人家根本就不喜欢这种委婉的告白方式，人家是玩刺激型的选手，当着一众人的面，把这货拒绝了。”林森憋不住了，大笑了两声。

“你有完没完了，我这才刚回来，你就消遣我是吧。”李昀挑着俊眉。

林森压根儿就没有停下的意思：“你说你一跑就跑了四年，好不容易被我逮住了，我得好好地消遣你。”

“行吧。”李昀挑眉，“我看你是欠揍了。”

林森大笑，还摊开了手臂：“欢迎来揍。”

林佳一眼角抽了抽，腹诽道：真贱啊。

后车座的两个人还在叙旧，林佳一紧张的心情随着车里的温度越来越沸腾。

玩笑开得差不多了，林森收敛情绪，突然说起正事。

“你这次回来住哪儿啊？”

“停车吧。”李昀目光瞥向窗外，不知道看到了什么，突然出声。

林佳一被他的声音刺激得一激灵，迅速打着方向盘，把车靠路边停了下来。

“怎么了？”林森问。

李昀一仰头，示意他。

街边正好是个小家庭旅馆，上面挂着的牌子看起来破破烂烂的，感觉来一场带级数的风，随时可能吹塌。

“你就住这儿啊？”林森诧异，然后说，“不行，不回家也不能这么凑合啊，要不直接去我家得了。”

李昀失笑，瞅了一眼林佳一，然后开玩笑似的说：“你不是真打算把我带回家见家长吧。”

林森被噎了一下，这玩笑开得太不地道了！

“我跟你说正经的呢。”林森皱着眉。

“谁没跟你说正经的。”李昀不屑道。

“那总要找一家好点的旅馆吧，你以前可最受不了脏乱差了。”林森提议。

“以前是以前。”李昀脸上的笑容淡了，连说话都带着一股沧桑的味道。

“我说你当了两年兵，又在外面浪了两年，回来怎么还转性了呢？”林森不解。他很了解李昀，不管在学校做事多浑蛋，但李昀还是有一

定的少爷脾性的，吃东西挑剔，衣服忍受不了穿两天。

“行了，别婆婆妈妈的了，你做了两年医生，怎么变得跟个小娘们一样了。怎么？你读研专修的不是心脏外科而是妇产科了，那帮揣着肚子的女性把你也给影响了？”李昀跟着开始说起了浑话。

“你……”林森又被噎了。

“我走了。过两天再联系你,我坐飞机太累了,现在脖子酸得要命。”李昀揉揉自己的脖子，推门下了车。

林佳一觉得自己产生错觉了，她隐约觉得李昀在下车的那一秒，直直看了一眼自己,后视镜中的四目相对,有一种难以言说的奇妙感觉。

4

“过两天我再找你。”林森扒着车窗喊了一嗓子。

李昀下车后，没转身，直接挥了挥手，只身走进了小旅馆里。

“这人怎么还转性了？”林森坐在车里自言自语。

“哥，你不是和我说过他是榕城人吗？”林佳一收回自己的目光，开口问道。

“是啊。”林森靠在后车座上，说话都拉起了长音。

“那他怎么不回家啊？”林佳一问。

“回不去啊。”林森拉的长音有点阴阳怪气的。

林佳一话至舌尖，却不知道怎么问不出来了，她转头再次看了看小旅馆的门口，心里泛起了些许酸涩。

她想，这和她以前在林森口中了解到的李昀，有些不太一样。

他混账吗？

不见得，也许那只是一种隐藏自己的方式，他表面有多混账，也许心底就有多少别人无法碰触的温软地带。

手机的振动打断了林佳一翻腾的思绪。

“喂。”

“佳一，我今天有临时工作，晚一点去你家找你。”赵糖语气有点着急，那边还有人在催促她。

“行，我知道了，我会让你林阿姨给你留个鸡腿的。”林佳一说，“你赶紧忙……”话还没说完，电话就被挂断了。

“我去……这崽子。”林佳一收了电话，嘴里小声道，“今晚的鸡腿我都给吃了，一个也不留给你。”

赵糖是她同学，也是邻居。

赵糖的父亲早年是个扒手，后来阴错阳差偷了赵母的钱包，两人有幸结识，后来相爱，组建家庭。

赵父为了家庭金盆洗手，找一份正经职业做，而赵糖的母亲和林佳一的父亲是一所大学出来的博士，又同为一所大学的老师。

只不过，命运难揣测，赵母在赵糖十三岁的时候患上绝症，撒手人寰，所以林佳一的父母对赵糖也是格外照应，三天两头就把赵糖叫来家里，一桌子的好菜好饭招待。

“是小糖吧？”林森问道。

“嗯。”

“她好像有阵子没来咱家吃饭了吧。”

“她最近工作忙。”

林森靠在后车座，默不作声。

林佳一突然起了小心思，小心翼翼地问：“哥，你喜欢糖糖吗？”林森身边没有什么异性，为了再一次确认他的性取向，她只能用赵糖当幌子。

林森没睁眼睛：“喜欢啊。”像妹妹一样喜欢。

“那就好，那就好。”林佳一小声说道，心里寻思，他喜欢赵糖，这就放心了。

林森反射弧短，咂摸出林佳一话里的不对味。他睁开眼倾身上前狠狠拍了一下林佳一的脑袋：“你就不能把你哥往好了想？”

“得得得，我错了，你大人有大量，别计较。”林佳一求饶，这个时候她需要顺着林森。

“快开车。”林森催促道。

林佳一撇撇嘴，安安静静地当起了小司机。

她挂挡的时候，情不自禁又偏头看了一眼小旅馆。

门口有几片风吹落的黄叶，被昨夜的雨水粘在地上，萧条又孤寂。

有点像李昀的背影。

5

赵糖被催促了两遍才急忙赶上大队伍。

“今天我们要暗查，就算看见了一些不法现象，也不要逞一时之快就擅自行动，我们要做的是还原社会现实，而不是实现你们的个人主义，听懂了吗？”领导在车上就开始絮叨这些话。

其实这也不怪领导磨叽，他们是一家小型传媒公司，主要负责榕城一些小新闻的报道,例如哪条街有街坊邻居打架了,还重伤进了医院,又例如哪个商场举办大型活动，再例如哪个车站有扒手……

赵糖是社会组的。想做记者的人基本都怀揣着一种为社会揭露丑恶的正义感，自然就会有些新人不遵守公司规则，信息还没采集到，就个人英雄主义作祟，掺和到里面去，最后弄得公司损失时间和金钱。

“我们今天要去的是长途汽车临时客运站，据很多乘客反映，那地方的扒手特别多，已经连续一个月有不同的乘客被扒，应该是团伙作案。今天我们伪装成乘客混在人群中，观察一下他们是如何行动的，把手机录像还有隐藏针孔录像都给我准备好了，别到时候掉链子。”

“知道了。”

车上的几个人异口同声。

社会组一共四个人，赵糖还处于实习期，今天是她第一次出外勤任务。

“小糖，一会儿你跟着点曹珂，你第一次出外勤，我怕到时候场面你控制不住容易冲动。”小新人在第一次看见作案过程的时候都容易控制不住。

“好的，领导。”赵糖看了一眼身边的曹珂。

曹珂是社会组唯一的男同事，也是这帮女性动物群体里面的团宠，平常在办公室的时候油嘴滑舌，就会挑好听的说。

赵糖和他有点不对付。

曹珂冲赵糖笑了笑，赵糖撇开目光。

临时客运站是为了方便旅客坐车设置的一个停靠点，地点在榕城西街。这地方四通八达，前面是一大片商业办公楼，后面是几个正在施工的楼盘，旁边不明显的拐角处有几条有些窄小的小路通往各个小区里，很隐蔽，是扒手藏身伺机而动的好地方。

公司的面包车有标志，为了不打草惊蛇，停在了很远的地方，几个人是走着过去的。他们穿的都是便装，站在人群里特别不显眼，赵糖把已经调到录像界面的手机藏在衣兜里，她有点紧张，手指不停地在手机屏幕上摩擦，留下几条湿湿的痕迹。

“别紧张，你就当自己是个乘客，看见目标就拍，很简单的。”曹珂站在赵糖身边感受到了她的紧张，凑近她一点，小声提示。

“不用你说。”赵糖没看他，眼神在人群中转来转去。她不喜欢曹珂一脸笑眯眯的样子，总给人一种不怀好意的感觉。

“那你的手插在兜里干吗呢？”曹珂笑道。

赵糖停下在兜里鼓捣的手指，一眼瞪过去：“你管那么多干吗，赶紧抓紧盯着点儿，别回头什么也没拍到。”

曹珂还是一脸笑眯眯地看着她。

有一辆长途大巴车缓缓开来准备停靠在站点。

等车的人按捺不住性子，见车来了，就像马蜂一样全拥了上去，车还没停稳，车门已经被堵得水泄不通。

现场混乱，售票员拿着大喇叭喊道：“别抢，都有座，每个人都有座，大家不要抢。”

没人听得进去，所有人都朝着一个方向挤。

赵糖和曹珂隐匿在人群中观察着这帮人的一举一动，一个中年大婶的包被人夹住固定，站在后面的一个身穿黑色外套的男人快速地伸出手，然后在包身侧面划出一小条口子。趁着混乱，他不动声色地把钱包顺着口子拽了出来。

动作行云流水，一气呵成，一看就是经验老到的扒手。

赵糖不自觉地把手伸出来，身体微微前倾，有一种下一秒就要冲过去把那个人抓住的趋势。她第一次出任务，亲眼见到这个场面还不能够出声制止，这感觉着实难受得很。

曹珂察觉到了赵糖的变化，把手覆在她颤抖的手上，小声提醒："别动。"

黑色身影已经悄无声息地离开拥挤的人群，马上就要消失在拐角处。

"拍好了，我们走吧。"曹珂看了一眼刚拍好的视频，然后说道。

赵糖眼睛死盯着拐角，再也忍不住心中的冲动，追了上去。

"赵糖。"曹珂大声叫她，"你干什么去？"

赵糖没回头，大声喊道："放心，我不会乱来的。"

曹珂刚想追上去，手机的振动阻止了他的脚步，他接起电话，听到一句：

"小曹，快回来集合。"

赵糖跟着那人进了一个隐蔽的小巷子里，虽然有愤怒之火燃烧她的理智，可心里也清楚得很，她没必要正面硬来，不仅仅是领导交代过他们，更重要的是就算这事闹出动静来了，那扒手最多也就是蹲几天局子。

赵糖看着那人在一个垃圾桶前面翻着钱包，把钱掏出来，钱包被他随手扔进了垃圾桶。

她眼珠子一转，计上心来。

小巷子里有三三两两的路人，巷子的另一边是一条马路，隐约可以听见汽车鸣笛的声音，这地方是一个开发商新盖的楼盘，街边有几家门市房，开有甜品店和超市。

赵糖改变了路线，迎面走向那人，作为扒手具备的最好的心理素质就是把自己当成一个普通人，然后下手的时候充分精准地发挥快准狠的原则，就会事半功倍。

赵糖小时候没少和父亲学习这些下三烂的东西，起初父亲不愿意教她，怕她学坏去偷人家东西，但后来还是敌不过她的软磨硬泡。

赵糖其实就是贪图个好玩，没想做什么坏事，她永远都记得父亲在教她如何快速偷人钱包的手法时说的一句话。

他说："如果你敢去偷东西，我就亲自废了你的手。"

赵糖不着痕迹地迎面撞了一下那人，她立刻偏着身子往一边倒，对方虽然是一个经验老到的扒手，但是耐不住有美女投怀送抱，他还非常好心地问了一句："美女，你没事吧？"

赵糖趁他分心，不动声色地把右手探向他揣在衣兜里的现金，然后左手捂着肚子，装模作样地说："好疼啊。"

作为一个扒手就算再好心，他也没有那么伟大的善心说"不如我送你去医院吧”这种话。他只会想到，这人绝对是个碰瓷的，只想赶紧甩锅。

那人看赵糖捂着肚子不起来，心有点慌了，口不择言：“是你自己撞过来的，我可什么都没干。”

赵糖龇牙咧嘴地说：“行了，你走吧。”

那人磕磕巴巴地说：“那……那我可走了。”

赵糖把钱塞进自己的兜里，然后摆摆手：“走吧。”

那人见状，急忙拔腿跑了。

黑色人影消失在巷子尽头，赵糖这才慢吞吞地起身，然后把“偷”回来的钱拿出来掂量掂量，略带戏谑般地说：“还真是小人。”

她为自己的演技和手法充分点了个赞，微微一笑，准备把钱送回去，正要原路返回，转身便看见一个推着外卖小货车的男人用直勾勾的目光盯着自己。

她想起刚刚自己“犯罪”的过程，一时之间有点窘迫，双脚不自然地动了动，男人没说话深深看了她一眼，然后与她错身而过。

她心里有什么东西蹦跶了一下。

那一瞬间，她仿佛看见男人的黑瞳里，有深不见底的潮涌，把她淹没在里面。

Chapter 02 木头的妹妹真好看

1

“你刚才去哪儿了？”曹珂见到赵糖回来急忙快走两步迎了上去。

“没事，去买了一瓶水。”赵糖掂着手里的两瓶水，把其中一瓶递给曹珂，“这是给你的。”

“谢谢啊。”曹珂拿着水，心里有点不舒服。他当然不相信赵糖的说辞，他是学心理专业的，自然知道赵糖闪躲的眼神代表着什么，但是他竟然想陪着她装傻。

“赶紧走吧，刚才领导打电话来催了。”曹珂说。

“等一会儿。”赵糖说。

“姑奶奶，又要干啥啊？”曹珂快疯了，夹在领导和事儿精中间的滋味可真不好受。

赵糖没搭理身后人的哀号。

刚刚被偷了钱包的大婶还没挤上车,那些从售票员嘴里喊出的“都有座儿”的话都是屁话，要不然也不会有这么多人见车来了就往上凑。

在这个如战场一般的地方，谁抢到就是谁的。

“大婶，这个给您。”赵糖把钱包递过去，她刚刚去垃圾桶里把钱包捡了回来，其实很多人钱包被偷了倒也不是特别在意钱包里的钱，主要是丢了的各种证件太难补办。

“这不是我的钱包吗，怎么在你这儿？”大婶翻了翻自己的包，惊诧道，“我的包怎么有一个口子？”

空气安静了几秒，基本的事情就都明白了。

“下次小心点儿，自己的东西要看好了。”赵糖提醒一句，然后转身走了。

“你是怎么办到的？”两人并肩走着,曹珂忍不住好奇心问了出来，他多担心赵糖会坏事啊。

赵糖笑得一脸神秘，大言不惭道：“山人自有妙计。”说着就快走了两步赶回去和同事会合。

曹珂被赵糖刚刚露出的一口小白牙闪到了，他愣怔了几秒，也快步追了上去。

他俩归队晚了，领导有些来气。赵糖知道是自己耽误了时间，只是不知道怎么开口解释，支支吾吾地说不出来话，还是曹珂在一旁帮衬，说自己渴了，就去超市买了两瓶水。这不，赵糖手上的水就是证据，领导见也没什么大事，就没再说什么了。

赵糖忙完最后的收尾工作已是下班一个小时之后了，她心里还惦记着今天晚上林阿姨做的鸡腿，于是急急忙忙出了公司。

“你也刚走啊？”等电梯的时候碰见了曹珂,赵糖在包里翻着手机，头也不抬地说。

“嗯，我也是刚写完新闻稿。”曹珂低头看着她。

女生细碎的头发有些凌乱地分布在脸颊两侧和额头，曹珂有一瞬间想伸出手帮她弄一弄。

“叮！”

电梯到了。

狭小的空间里，曹珂好像听见了自己紧张的心跳声，他咽了一下口水干巴巴地说：“要不要一起吃个饭？”

赵糖忙着发微信，没听清：“你说什么？”

“我说，要不要一起吃个饭，都这个时间了。”曹珂鼓起勇气又说了一遍。

赵糖手机收到一条微信语音，是林佳一发来的，电梯里的信号不怎么好，断断续续地听见：“你再不来，鸡腿我都吃光了。”

赵糖笑着，打字回她：“你不给我留，你就死定了。”

曹珂目不转睛地盯着面前的人，她的脸很白，嘴唇明明什么都没擦，却有一种若隐若现的粉色，很是好看。

赵糖收了手机，反应过来曹珂在和自己说话：“你刚才说什么？”

目光对上了，曹珂却没了勇气开口约她。

一鼓作气，再而衰，三而竭。他在心里鄙视自己是个胆小鬼。

电梯到了一楼，赵糖连忙说了一声“再见”就跑了，根本没注意到后面那个男人的脸有多黑。

林佳一抱着手机在床上打滚。她直愣愣地望着天花板，现在只要闭上眼睛，她就能想起李昀那张似笑非笑的脸。

“佳一啊，糖糖来了。”林母的声音穿透卧室的门。

林佳一急忙起床，另一只拖鞋都顾不得穿上了，“啪嗒啪嗒”奔了出去。

“你干啥，有这么想我吗？”赵糖看着她赤着一只脚，笑出了声。

林母插一句：“我先去热饭，你们俩聊。”

赵糖斜着眼看她：“你不是吃了我的鸡腿现在对我产生愧疚了，还是说你得了‘鸡流感’，现在犯迷糊了？来，让我瞅瞅。”说着还上手去翻她的眼睛。

“别闹了。”林佳一挡住赵糖的手，然后拉着她进房间，神秘兮兮地说，“你猜我今天看到谁了？”

“谁啊？”赵糖不知所云。

“我看见他了。”林佳一现在心脏还有点“怦怦”乱跳。

“他？”赵糖更蒙了。

“就是我哥经常说的那个人，把乌龟往狗盆里面扔的那个。”

“哦，我想起来了。”赵糖恍然大悟，随口笑道，“长得帅不帅？”

“你的侧重点不对啊。”林佳一皱眉。

“怎么不对了，我猜想他一定是个帅哥，不然你怎么这副慌里慌张的样子。怎么着，要下手吗？”赵糖一副“我什么都知道”的表情对着她。

林佳一心虚地点点头，心想，是挺帅的。

不对，林佳一没反应过来赵糖的后半句话，急忙说道：“下什么手啊，我有那么饥渴吗？”

赵糖笑道：“你对这个人的兴趣又不是一天两天了，当初是谁天天缠着林森哥非要看他的照片的？”

自己干过这么缺心眼儿的事吗？林佳一脑袋要炸了，她怎么不记得了。林森没有拍照的习惯，所以她翻遍了手机也没找到一张李昀的照片，害得她心痒了好几天才消停。

“那人叫什么来着啊？”赵糖问。林佳一提过，不过她忘了。

林佳一快速回忆了一遍今天的相遇，男人脸上总是挂着浅笑，可是只身行走的背影却又那么寂寥，让她心跳加速的同时又有点泛酸。

说不清楚是一种怎样的心理活动。

良久，林佳一说：“他叫李昀。”这是她第一次说起他的名字时有一种熟悉的感觉，而不是从别人嘴里听说的一个陌生名字。

2

赵糖吃饱了就躺在林佳一的床上顺气，嘴里还念叨着：“林阿姨的蜜汁鸡腿果然名不虚传，我能打包吗？”

林佳一回给她一个大白眼。

两个人齐刷刷地望着天花板。林佳一喜欢蓝色，特意把天花板贴上了蓝色星空的壁纸。屋里开着淡色的台灯，微弱地照着房间每一个角落，天花板被映衬得微微发亮，瞬间有一种在欣赏夜景的感受。

两个人各怀心事，一言不发。

“你工作找得怎么样了？”赵糖摸着自己鼓起的肚子，吐出一口沉重的叹息。

“没着落。”林佳一把脸埋在枕头里面，郁闷地说。

“要不就回去学习得了。”赵糖随口建议道。

提起这个，林佳一心就些烦躁：“再说吧。”

“喂。”赵糖侧过身，“你到底想做什么啊？”这是她第一次正儿八经地问林佳一。她知道林佳一的性格，从小被保护得太好，父母和哥哥都宠着，性格里有些矫情在所难免。上学读书从来都是随大流，自己根本就没有个确切的想法，得过且过说的就是林佳一这种人。

“我也不知道。”林佳一把头探出来，盯着天花板的眼睛有些发酸。她上学的时候从来没为自己计划过什么，她不像赵糖从一开始就有一个固定目标，就连吊儿郎当的林森也有清晰的职业规划，只有自己，就像迷路的人，不知道往哪儿走。

“我也尝试过，但是失败了。”林佳一小声说。

赵糖默不作声地伸手揽住了林佳一的肩膀，安慰道:“反正才毕业，慢慢想。”

“嗯。”林佳一声音发酸。

这是她现在脆弱又敏感的地方，只要一碰，就疼得出血，那种夜

夜噩梦，然后被人骂得狗血淋头的场景对她来说像一种极刑。

“有没有想过考研啊？”赵糖拍着她的背，“不如就回去学习吧。”

林佳一埋在赵糖的怀里，声音闷闷的：“我爸今天也和我说这个事情了，可是我不想回去，现在我才知道自己有多无能，我不想再被他保护在羽翼下了。现在考研也许是一条路，可是研究生毕业呢，说到底我早晚都是要去工作的，现在我逃避一时，但是我不能逃避一辈子。”

赵糖惊诧，没想到林佳一竟然能说出这番言辞，想必这阵子受到的挫折的确让她成长了不少。

“我会熬过去的，我现在需要时间。”良久的寂静之后，林佳一说。

晚上，赵糖留在了林家。赵糖实习期一直很忙，两个人好久没有一起钻被窝了。洗漱好了之后，两人躺在床上，台灯也关了，周围是不见五指的黑夜，五感被急速放大。

白天发生的事情就像电影重放一样在脑海里翻来覆去地翻滚。

赵糖想起了那个送货男人，在目睹她一系列的“偷盗”行为后，一声不吭地和自己错身而过。

那是一种很奇怪的感受。

赵糖说不上来。

3

赵糖第二天起早上班，林佳一还在睡懒觉，她是被枕头下的手机振动给振醒的。

“喂。”浓浓的倦意穿透耳膜。

“太阳晒屁股了，赶紧起来。”林森呵斥道。

林佳一努力睁开眼睛，的确有微弱的光刺着眼睛，不过根本没晒到自己的屁股。她无赖般地说：“没晒到，有话快说。”

林森倒吸一口凉气。

“帮哥点儿事。”林森开口。

“不帮。”她还没睡醒。

“哎？”林森急了，“我可是你亲哥。”

林佳一充耳不闻。

亲哥怎么了，亲哥也不能耽误她睡觉。

“你帮我给李昀送点儿东西过去。”林森不想铺垫废话了，直接说重点，“你从我衣柜里拿几件衣服给他送过去，要正式点儿的，我研究生毕业典礼穿的那套休闲西服就行。”

林佳一在听到李昀的名字时，睡意瞬间全无，直起身子从床上弹了起来，不敢相信地问了句：“你说谁？”

“李昀。”林森强调说，“就是昨天带你去接的那个人。”他就纳闷了，昨天刚见过，今天就忘了？你是鱼吗，七秒钟记忆啊？

“啊，行。”林佳一恍了一下神，连忙应道，“我一会儿就去送。”说完她先挂了电话。

林森一脸蒙，拿着手机迟迟不敢相信。他正等着林佳一开条件呢，结果这厮竟然挂了电话。这还是他见利忘义、坐地起价的妹妹吗？

他摇摇头，走进了主任的办公室。

林佳一连忙洗漱，然后去林森的房间收拾了几件干净的衣服，还有那套休闲西装。

她不知道林森为啥突然要给李昀送衣服，但是一想到有机会单独与他见一面，她没来由地有点兴奋。

她没吃早饭就急急忙忙地出门了。

气温开始回升，阳光晒得有点睁不开眼睛，林佳一中途坐过了一站，跌跌撞撞地总算到达了目的地。

小旅馆面积特别小，前台的工作人员正支着手机看连续剧。

“我想找一下 301 号房的客人。”林佳一攥着装衣服纸袋的手指紧了几分。

“自己去。”前台人员头也不抬地说，然后不知道是不是看到什么了，竟然还捂嘴乐了起来。

林佳一无奈，撇着嘴想，一个留着胡楂的大男人，还跟个小姑娘似的捂着嘴了，怎么看都觉得不舒服，有点“娘”。

她自己挨个儿找，在走廊尽头找到了 301 号房间。走廊的灯光非常暗，脚下踩着的水泥地脏兮兮的，应该是很多天没拖过了。

她轻轻地敲了两下门，心跳就像突然急速而升的过山车，竟然有些不受控制。

“进来。”声音穿透厚重的房门。

林佳一抚上把手，小心翼翼地推开门。

这是典型的单人间，除了一张单人床和一张小桌子，什么也没有。

李昀正坐在床上抽烟。

“怎么是你？”他抬头看见林佳一就笑了，随后起身，随手把烟蒂按灭在桌子上。

“那个……”她还没做好心理准备，说话有点飘，“我给你送两身衣服，不是，是我哥让我给你送两身衣服。”她说着，把手里的纸袋子递了过去。

“谢了。”李昀接过。

他今天有一场面试，是他在回榕城之前就联系好的。几年前，他决定离开学校，挂着学籍去当兵，两年兵期满了后，也不知道自己该何去何从，后来在工地上打工时遇见了一位老师，自学了建筑设计。前一段日子，他设计的一个作品被一家公司相中，想聘请他，只不过地址是榕城。他犹豫很久是否要回来，最后再三考虑，还是坐上了归乡的飞机。

也许，每个人都要落叶归根的，即使活着不行，死后也要魂归故里，这是宿命，他不能逃。

“木头还真是够意思，知道我今天要穿正式点儿。”李昀掏出衣服，准备换上。他当兵两年，早就养成了不拘小节的脾性，完全没有顾及林佳一这个大姑娘，随手就脱了自己身上那件脏兮兮的衬衫，露出麦色的肌肤。

“啊……”林佳一捂住眼睛，忙转过身背对他，“你怎么不说一声啊，我也好出去啊。”

李昀笑道：“我又不是脱裤子，你害怕个啥。”

这人说话真是浑，林森一点也没扒瞎。

“你为啥管我哥叫‘木头’啊？”她再不转移话题，尴尬的只有她自己。

李昀笑而不语。

身后是窸窸窣窣换衣服的动静，林佳一仿佛听见他解皮带的声音，她心里紧张得很，直接跑了好像不太礼貌，然而李昀又不搭她的腔，弄得她现在进退不得。

“喂。”李昀问，“转过来吧。”

林佳一深吸一口气，才慢慢悠悠地转了过来。

“我以前就知道木头有个妹妹，没想到本人更好看。”李昀随口说道。

这算是在撩妹吗？不过这话好像意有所指，难道他以前见过她？

来不解细想，心里那点儿小窃喜就淹没了她，女孩子嘛，被人夸了难免会有点飘。

“我要出去一趟，有点事。”李昀说。

林佳一盯着面前的男人，本就修长的身材穿上剪裁得体的西装，整个人变得更加立体了，不过……

她目光流连到李昀胸前的衬衫扣子，可能是太着急了，第二个扣子扣错地方了，他每动一下，白色布料掩盖下的皮肤就会若隐若现地露出来。

“怎么了？”李昀走到她面前晃了晃手，“你傻了？”

林佳一还盯着那儿。

“佳一？”李昀试探性地喊，“林佳一。”

“那个……等一下。”林佳一丢失的魂总算回来了，几乎是没怎么思考，她就把手伸向站在面前的男人，然后很细致温柔地帮他把扣子归位。带有一点暧昧色彩的动作结束之后，她才想起来解释，“我就是……就是帮你一下，没别的意思，真的。”

李昀笑了笑没说话，他第一次认真打量起面前的人。刘海下的皮肤即使是在昏暗的环境下依然白得透亮，穿着一身宽松的卫衣，扎着蓬松的马尾，整个人清新自然。

小房间里寂静无声，林佳一被李昀盯得不自在，她故意低着头躲着那灼人的目光。她感觉房间的温度在上升，脸颊隐隐发热，就在她以为自己要被烧成灰的时候，一阵由小及大的声音开始断断续续发出，打破了局面。

她的肚子非常不配合地叫了起来。

李昀抿着笑说：“我带你去吃东西。”

4

林佳一本来想装淑女的，可她实在是饿得慌，在食物面前也不用维持什么尊严和形象，面条刚上来她就动起了筷子。

光吃饭不聊天是一件很尴尬的事情，林佳一主动找了个话题：“你刚才管我哥叫木头，他什么时候有这个外号的，我怎么不知道？”

李昀把香菜挑出来：“这个外号只有我能叫。”

林佳一撇撇嘴，这话听着怎么这么暧昧呢？

“我上大学的时候跟你哥关系最好，我第一次知道他名字的时候就给他起了这个外号。”李昀大口地唆起了面条。

不知道是不是因为当过兵的原因，林佳一觉得他吃面的动作都那么干脆洒脱。

“你一会儿要去哪儿？”林佳一问。

“你一会儿有事吗？”李昀反问。

她现在就是闲人一个，怎么可能有事。

“我一会儿要去一个地方，你陪我吧。”他没有再询问，直接做了决定。

小面馆里乱哄哄的，林佳一就这样清楚地听到了他的声音。

那是一种邀请，而她无任何挣扎地选择接受。

设计院是一个独立的机构，事业单位编制，不过李昀去的那家是私人设计院。

他以前也是一个很迷茫的少年，在学校里面做尽了混账事，好不容易有了点儿精神寄托还被无情地踩灭了，所以大三那年大学征兵，他脑袋一热就报了名。

父母从来不关心他是什么样子，有没有好好吃饭，过年过节也不会主动联系他让他赶紧回家。

也是，一个被父母同时抛弃的孩子，有什么可惦念。

对李昀来说，在父母那儿得到的唯一的慰藉，那就是每个月银行卡里都会进账的生活费。

林森曾经问过他，为什么你有这么好的设计能力却不选择事业编，非要挤进这钩心斗角的私人企业？

他回答得很简单：因为钱多。

“李昀。”有人喊他的名字。

李昀没太反应过来，直到他感受到有人用手肘轻轻地怼了他一下，他才从沼泽一般的回忆里抽身。

“怎么了？”李昀低头看着身边的林佳一，声音异常温柔。

“有人叫你。”她说。

李昀转过头，看见一个穿着白衬衫包臀裙的美女秘书挂着标准的职业微笑看着他。他定了定心神，收敛起自己泄露的情绪，毫无违和地切换了轻松惬意的表情。

“美女，叫我？”

“是李昀吧？”美女秘书确认道。

李昀笑着站起身：“约这个时间的恐怕就我一个人了，别浪费时间了，咱们走吧。”

美女秘书依然微笑，带着李昀往最大的那个办公室走去。

距离越来越远，李昀的身影越来越小，林佳一因为刚才那一声“美女”心里有点来气。

敢情这人是看见女的就夸，根本没有一点真心实意。

她竟然信了李昀刚刚夸自己漂亮的鬼话。

她目光瞟过去，看见李昀在办公室门口驻足，然后不知道和美女秘书在说些什么，表情看得不太真切，但是隐约感觉笑得很开心。

她撇过脸，不想再去看。

她估摸着一场面试最多也就两个小时，她准备玩两把游戏消磨一下时间，可是没过多久她就有点坐不住了。刚刚的面条有点咸，她现在渴得厉害，四周打量了一圈，也没看见饮水机或者自动贩卖机。

她靠在沙发垫子上正吧唧着嘴，想以此分泌点儿唾液出来解解渴，这时那位美女秘书端了一杯茶过来。

“你们这儿待遇这么好啊？”她毕业找工作那阵少说也面试了十几家公司，大中小企业都去过，最好的待遇无非就是用纸杯给你接一杯凉水。

林佳一看了看面前的杯子，是透明的水晶杯，淡黄色的液体透着亮，有几片细碎的茶叶漂在上面，她低头嗅了嗅，一股淡淡的茉莉香味儿。

“是那位先生交代的。”美女秘书暧昧地笑了笑，一语双关，“他说你刚才吃饭的时候应该是咸着了，让我们准备一杯茶给你。他可是我们老板的贵宾，当然不能怠慢。”说完，美女秘书扭着圆翘的屁股走了。

林佳一心情突然有点复杂。

原来李昀是这么体贴的一个人吗？

可是她看到的不是这样的，听到的也不是这样的，还是说，他的体贴是隐藏的，只会不经意流露，不会轻易向别人展现？

她端起杯子抿了一小口，茶水里应该是加了蜂蜜，有点甜滋滋的，和她现在的心情差不多。

太阳快下山了，李昀才从办公室里面出来，仿佛这不是一场面试，而是一场利益的谈判。

“走吧。”李昀心情看起来不错。

“嗯。”林佳一等得有点郁闷，说话也是蔫蔫的。她嘴上答应着，可是身体却靠在沙发上，一点也没有要动的意思。

李昀挑着俊朗的眉目，玩味地说：“你这是让我拉你起来，还是说背你出去？”

他后面那半句话语调很慢，把有点颓废的林佳一刺激得一激灵，瞬间精神了不少。她连忙站起来，吞吞吐吐地憨笑道：“没有，我没那个意思。”

两个人出了设计院，太阳已经停留在西边的山顶上，一片暖橘色的光照耀着整个大地。

“你面试得怎么样？”林佳一问。

李昀笑了笑：“没有第二种可能，不然我也不会来这儿浪费时间。”他抬手看了一下时间，“走吧，我请你吃个饭，感谢你帮我送衣服，还陪我跑这一趟。”

林佳一刚想说好，但是又想到她不回家吃饭又要打电话和父母报备，还要胡扯扒瞎一堆理由，最后还是拒绝了。

“对了，帮我谢谢木头，过几天我请客吃个饭。”李昀被拒绝了也没有丝毫的尴尬。

“嗯。”

“到时候你哥在，你可不能拒绝了。”

林佳一没明白他的意思，愣了几秒后，落荒而逃。

5

“哥，你什么时候回来啊？”

“哥，咱妈今天做了你最爱吃的锅包肉。”

“哥，你今天还回来不？”

“木头，你是不是忘记你有个妹妹了？”

林佳一用每分钟一条信息的频率轰炸着林森的手机，直到二十分钟后，她接到了林森打过来的电话。

“你是不是有病？”林森笑骂。

林佳一撇嘴，她能有什么病，不就是李昀把她心情弄得天翻地覆的，想找个人倾诉一下呗。

换句话说，就是闲。

“我就是关心关心你啊。”林佳一眨着眼睛，一本正经地说胡话。

“你放屁。”

林森还不知道她那点儿花花肠子，平常他在医院连轴转的时候，也没接到自己亲妹妹的一个爱心电话，现在这是作什么妖呢？

“是不是李昀告诉你的？”

“啥？”

“我的外号。”

林佳一嘻嘻地笑。

“这个缺心眼儿的东西，怎么什么都说？”林森不满道。

“哥，他为什么给你取这个外号啊？”以前她就喜欢听有关李昀的事情，现在想知道得更多。

“不就是……”林森开始吧啦吧啦地讲起来。

林森和李昀第一次见面的地点是在实验室，自我介绍的时候，李昀就跟个自来熟一样，很欠扁地就给他起了这个外号，不过现在想想李昀说得的确也有道理。

林森这个名字，拆开来看可不就是一堆木头。

林佳一躺在床上，看着天花板，哈哈大笑。

“以前听你说起他就感觉他欠揍，没想到他竟然这么欠揍。”

“可不是，而且还霸道得很，这个外号就他一个人叫，弄得医学系的同学都用异样的眼光看我俩，好像有奸情一样。”林森絮絮叨叨一堆后，才反应过来有些不对劲，“你怎么突然这么好奇李昀的事啊？”

林佳一舌头瞬间打结：“没什么，就是……”她紧张得脸都发烫了，被天花板的白炽灯一照，快要烧起来了。

“小林。”听筒那边有人喊林森，“有台紧急的手术，教授让你赶紧过去帮忙。”

“来了。”林森应道，随后又对林佳一说，“我这边有事，先不说了，锅包肉记得给我留半盘啊。”

“快去吧，快去吧。”林佳一催促道，巴不得马上挂电话。

收了线，她躺在床上，眼睛被光刺得有些发酸，不过心里那怦怦跳的余韵还是没有彻底消失。

她想起今天那杯带着甜味的花茶，还有那张欠揍的笑脸，再也忍不住翘起嘴角，最后伸手拉过被子蒙在脸上，强迫自己不要再胡思乱想。

6

赵糖和曹珂的新闻稿被领导打了回来。

原因是太表面了，并且拍摄到的视频也太简单，作为一篇还原社会现实的新闻稿来说，没有举足轻重的效果。

“怎么办？”赵糖下巴抵在办公桌上，郁闷地说，“我们重写吧。”

“重写一百遍也是被退回来的结果。”曹珂手指点着桌子，“你没听见上面说的话啊，这是在嫌弃我们收集的素材不具说服力。”

“那你有什么好想法？”赵糖把脸稍稍凑过去，认真地听曹珂分析，她虽然对这人嬉皮笑脸的样子不看好，可是在工作上认真她确实比较认可他。

“下班之后你有没有时间？”曹珂挑着眉问。

“有啊。”

“我们再去一次。”曹珂修长的手指点了点屏幕上正在播放的盗窃现场。

中秋将至，临时客运站的人流比往常加大了一倍。

曹珂和赵糖藏匿在人群中观察着是否有异常。

“你看到了没？”赵糖小声说。

“看到了。”曹珂也压低了嗓音，“站在卖水那儿的穿蓝色外套的男人，还有站在售票员身边假装等车的男人。”

“这次怎么有两个人？”赵糖问。

“这里的小偷都是有组织的。现在是假前的归巢期，人来人往，他们好动手，而且他们也要过节啊，肯定是想趁着这次机会多偷几个。”曹珂解释道。

“真是不要脸。”赵糖小声嘟囔。

曹珂低头看着她，笑了笑。

赵糖进公司时间不长，不过不管是开会发言也好，或者是平常琐碎的小事也罢，她总是跟个精力旺盛的小人一样，永远充满活力朝气，难得看见她如此不满意地吐槽，真是新鲜。

“哎哎哎！”赵糖拉曹珂的袖子，“他们要动手了。”

“把手机准备好。天色有点暗了，把光调亮一些，这样拍得更清楚。”

“好的。”

那两个扒手里应外合连续偷了几个钱包，正要准备离开，赵糖和曹珂想追上去采集更多的信息，却见到两个扒手在一个小区的十字路口处分开。

“我去追这个，你追那个。”赵糖说着，便抬脚追了上去。

曹珂嘱咐：“小心点。”

赵糖跟着那人进了一个尾巷。

这是路边餐馆后街，有很多垃圾堆积在一起，食物发馊的味道充斥鼻腔，赵糖难以抑制地咳嗽了两下。

蓝色身影警觉地闪进了拐角，赵糖警惕心下降，冒冒失失地就跟了上去，却不想被隐藏在暗处的人用蛮力拽倒在地上。

“原来是你。”男人的声音里带着一股愤怒。

赵糖心里布满疑云，这人的口气怎么和认识自己一样？

“上次你故意撞在我怀里，把我刚到手的东西给偷走了，看不出你一个漂亮的小妞还有这个本事呢。”男人优哉游哉地开口，愤怒变成了戏谑。

赵糖低着头，心中大叫不好，还真是冤家路窄。

上次“作案”后，她根本就忘记那小偷的长相了，如今被当事人赤裸裸地提起来，还真是有点窘迫。

“怎么，这次也打算投怀送抱吗？”男人起了玩弄的心思，把手指按在赵糖瘦弱的肩头，“来，让我摸摸。”

赵糖躲开他的触碰，起身便想要逃跑，却被男人禁锢在粗糙的水泥墙上，隔着外套都能感受到摩擦的疼痛。

“这次我看你往哪儿跑。”男人恶狠狠地说。

“大哥，你认错人了吧。”赵糖皮笑肉不笑地说。

“认错？”男人掐着她的脸，“往我身上扑的人倒是不少，但是敢把主意打在我身上的还真没几个，你到底是哪片的，有这么大的胆子？”

一个城市的小偷群体严格意义上来说就是一个组织，不同区域驻扎着不同的群体，这是城市的病灶，也是无法掐断的恶源。

赵糖被掐得难受，男人的身体离她很近，她隐约感受到他身体的变化——那是一种欲望的爆发。

“嗯，长得还真不错。”男人眯起眼。

“你要干什么？”赵糖慌了，声音微微颤抖，瞳孔在朦胧的黑夜里微微放大。

“你说呢？”男人笑着反问，一只手开始不老实，在赵糖细瘦的腰线上徘徊流连。

赵糖扭着身子躲避他的触摸，可是每次都会被男人控制住，后面是水泥墙，前面是男人的身体，她无路可逃。

逃不掉了，要被侵犯了——这个认知，几乎让赵糖一瞬间就哭了出来。

“你哭也没用，小爷就要爽一下。”男人用力地撕扯她的衣服，棉质的衬衫根本敌不过蓄意的力量，“嘶”的一声就被扯开了。

赵糖双手护着自己裸露的地方，挣脱不开束缚，只能用这种极力自我保护的姿势面对男人的侵犯，她大声哭着，意识甚至开始有些混沌。

这时，不知是哪儿传出来的陶笛声，急促刺耳，由远及近，男人停下施暴的行为，四处张望一下，愣怔片刻后，慌乱地逃走了。

赵糖蹲下，双臂紧紧抱着自己摇摇欲坠的身体，有微凉的晚风吹过，她打了一个寒噤。

良久，她感觉到身上一暖，一股奶油香气兜头而下。

她抬头，看见一双隐藏在黑夜中发亮的瞳。

是他。

Chapter 03 站着别动，让我来

1

林佳一赶到警察局的时候，赵糖正在录口供。

“你说你一个小姑娘做这么危险的事情，回头真出事了怎么办？工作重要还是你的安全重要啊，做事情怎么没有一个轻重缓急呢？”满脸胡楂的警察叔叔正在做批评教育。

“你不是说你有个同事来着吗？他人呢？”警察叔叔手中的笔飞速转着。

“不知道。”赵糖小声嘟囔，然后又抽泣了一下。

警察叔叔也是懒得和神志不清的小姑娘继续掰扯下去了，稍稍侧过身体看向另一边的男人。

“你叫什么名字？和她又是什么关系？”

“我叫陈禾。”男人淡淡开口，“我和她并不认识。”

林佳一见状忙上前，一把搂住了还在小声呜咽的赵糖。

“你是当时看到什么了？”警察问。

“看见一个男人在对她施暴。”陈禾面不改色地说。

这句话重新勾起了赵糖本来淡忘了的不好记忆，她埋在林佳一的怀里，哭声逐渐变大。

“行啦,行啦。”警察摔下手中的笔,然后掏掏耳朵,“能不能不哭了,哭能解决问题吗？”

赵糖抽泣两下，闭了嘴。

警察把一堆照片铺在桌子上，然后指了指说：“你们仔细看一看，今天晚上作案的人是不是在这里面？”

赵糖擦着泪痕，探头看了看。天色本来就有些暗，何况她当时心里的恐惧覆盖了所有的认知，根本不记得男人长什么样子了。

她摇了摇头，又扎进了林佳一的怀里。

“你呢？”警察问陈禾。

陈禾面色不改，眼神在那些照片上徘徊流连，最后轻轻地抽出一张照片。

照片上的男人皮肤很黑，头发极短，眼角还有一个不太明显的疤痕。陈禾的记忆力很好，几乎可以达到过目不忘的地步，当年他在医学院时，是全班用时最短的第一个把学术论文给背下来的人。

“是他。”陈禾说，“他眼角有疤，当时他逃跑的时候回过头，有车灯照见了他的脸，我看得很清楚。”

“这家伙可是那地带的作案常客，上次进了局子还不长记性。”警察摸摸下巴。

“一般偷窃顶多就是收押几天，这次他可是对女性有施暴行为，我想是可以立案审判的。”陈禾淡淡地说。

“行了，你们可以走了，如果有进展和需要你们配合的情况，我会再找你们。”警察看了一眼赵糖，“赶紧回家吧，小姑娘都吓坏了。”

陈禾也准备去推自己的货车，林佳一扶着赵糖起身。

曹珂赶来的时候，事情已经收尾了，几个人站在警察局门口。

“赵糖你没事吧？”

“没事。”赵糖吸吸鼻子。

“我先带她回去了。”林佳一说。

赵糖这时拉住了林佳一的手，然后走向距离几步的陈禾。

男人推着车站在那儿，黑发被风吹乱了，白色的半袖上还有黑色的污渍，应该是刚才在背着她的时候不小心蹭到了什么。

“今天谢谢你了。”赵糖声音里还有哭腔。

陈禾没说话，她的目光瞥到陈禾胸前的黑色物件，是一支六孔的陶笛，她隐隐约约记得听见了一道急促的乐声。

“你叫什么名字？”她刚才脑子太混乱了，没记住他的名字。

“陈禾。”

“你现在这个样子不能回家，赵叔叔看到肯定会担心，你先去我家，我一会儿让我妈给赵叔叔打个电话。”林佳一扶着她。

赵糖没什么力气说话，只能点点头。

林森今天休假，难得在家大鱼大肉一顿，被噪音版的门铃打乱了进食的节奏，他带着怒气起身去开门。

“干什么啊你，门铃要被你按坏了。”林森被两个要摔倒的人砸了个满怀，“哎哟，这是怎么了？”

赵糖在劫后余生之后，整个身体都已经软了，林佳一拖着一个一米七身高的人的确有些吃力。

“哥，快帮我。”林佳一费力地抱着赵糖随时倒下去的身体。

林森二话不说，把赵糖拦腰抱起，直接放在卧室的床上。

赵糖神志不清，迷迷糊糊地躺在床上，眼角的泪就没干过。

“你们这是被人打劫了？”林森叉着腰看着同样有些狼狈的林佳一说，“怎么弄成这副德行？”

林佳一心里难受得紧，把赵糖身上披着的脏外套拽下来，然后替她盖好被子。

“我们出去说，让她睡会儿。”

出了卧室，林森忍不住问道：“到底发生什么事情了？”

林佳一眨巴着眼睛，心头泛起酸涩，忍不住红了眼眶：“糖糖今天差点被坏人……”

她欲言又止。

林森也不再问下去了，一个女孩子的衣服都被撕破了，而且还哭得那么惨，不用想也知道发生什么事情了。

“人抓到了吗？”林森问。

“还没呢，但是已经确认嫌疑人了。”

林森叹了口气：“这事别和赵叔叔说了，人没事就好，糖糖那孩子也不是那么脆弱的人，过了这阵就没事了。”

林佳一认同般点点头。

“哥，我好害怕啊。”林佳一委屈巴巴地说。

“你害怕个屁啊。”林森没好气地说。

“那我也害怕。”她不要脸地说。

“来吧。”林森拍了拍自己的肩膀。

林佳一像一只小猫一样蹭过去，然后把眼泪和鼻涕全部擦在了林森的衣服上。

林森眼角不可抑制地抽动了一下，心中感叹：我新买的衬衫啊……

2

中秋节，林森特地和人换了班，留在家里吃饭。

赵糖心情还没完全平复，林佳一旁敲侧击地和老妈商量，最后把赵糖和赵叔叔请到家里一起过个节。

饭后，大人们都在客厅里面闲聊家常，他们仨躲在房间里说话。

“好点儿没？”林森主动问。

赵糖点了点头：“我没事了，当时那股害怕劲过去就好了。”

林佳一凑近问：“会不会做噩梦？”

赵糖摇摇头，她确实是害怕极了，可是只要想到那天突然覆在身上的暖意和奶香味，她竟然无比心安。

林佳一撇着嘴说：“上次我被主管骂了一顿说我业绩不好，做了整整一个星期的噩梦。”

林森忍无可忍拍了一下她的头：“你以为谁都和你一样小心眼吗？”

赵糖抿着嘴笑了笑。

“上次那件外套是不是在你这儿，佳一？”赵糖问。

“哪件？”

“就是事发当天我身上的那件外套。”

“哦，我想起来了。”林佳一起身，撅着屁股，弯着腰在衣柜里翻来翻去。

林森又忍不住埋汰她：“少吃点儿饭吧，屁股大得都快上天了。”

林佳一没起身，声音在衣柜狭小的空间里打了个转：“你给我闭嘴。”

翻了半天，林佳一才找到那件有些脏的外套，仔细一闻，还有淡淡的奶香。

赵糖接过外套，手指在衣领上摩挲，她几乎一瞬间就想起那天男人的脸庞，有些瘦，刘海挡住了眼睛，却挡不住眼睛里的光。

“我怎么觉得我好像听过这个男人的名字呢。”林佳一也回想了一下那天的情况。陈禾这名字她确确实实好像是在哪儿听说过，不过当时她也想不了太多。

“陈禾。”林佳一小声地在嘴里咀嚼了一下这个名字。

“你说谁？”林森瞪着眼睛，声音提高了不止一倍，“你再说一遍。”

“我说陈禾，陈禾。”林佳一强调，“那天把糖糖救下的人叫陈禾。”

两个少女用奇怪的眼神盯着房间里唯一的男性，良久，林森忍不住笑出了声：“榕城还真是小，这都能被你们碰见。”

林佳一的某个回忆点被捅破了。

陈禾，是林森大学时期的另一个朋友。

当年榕城医学院有一个铁三角组织，在整个榕大都很有名气。就连低两届的林佳一和赵糖也经常能听到关于他们的事情，不过遗憾的是，铁三角里面除了林森留了下来，其余两个都不知原因地消失了。

林佳一是因为林森的关系才知道李昀大二那年去当了兵，所以也导致她一直无缘得见。

至于陈禾，他更像一个谜。当年他是教授最得意的关门弟子，实习的时候还得到了保送最好医院的名额，如今却在榕城走街串巷地送货。

还真是天意弄人。

“你不是说他退学了？”林佳一问，“怎么现在在榕城？”

林森说：“我也是前不久联系上他的，就在李昀回来之前不久，不过他们俩还没见面，具体的我不清楚，大概知道他父母在榕城开了一家店，他在给父母看店。”

林佳一胡乱想着，一代医学学霸沦落成送货小哥，这要是在网上弄个帖子，估计会大爆。

林佳一还想问什么，林森兜里的电话响了。

“喂，您老今儿怎么有空联系我啊？”林森笑呵呵地说。

电话那边是个男人，隐隐约约能听见一些模糊的声音，林佳一心中一紧，心里大约有了猜测。

自打上次分别之后，她一直没有找到任何机会去找李昀，而且她想到李昀可能要忙工作了，她拉不下来脸去打扰人家。

林森起身走了几步去窗户边上，嘴里还在打趣：“行，到时候我帮你看看，这里我比你熟，你充其量就是个挂名的，你说说你自己都多少年没回来了。”

林佳一悄悄跟上去，侧着耳朵偷听。

赵糖低头看了看怀里的衣服，又想起了男人的眼神，里面没有丝毫情绪，犹如深不见底的大海。

“行，我看看时间，实在不行我找人帮你。”林森说完最后一句就收了线，他动作太快，林佳一来不及回去正好被抓个正着，“你瞪着眼睛干啥呢？”

林佳一心虚，摸摸自己耳朵，假装问道:“是不是谁找你办事啊？”

林森说：“嗯，李昀最近想在他们公司附近找一套房子住，让我帮忙留意一下。”他眼睛一转突然想起什么，搂住林佳一的脖子，笑得贼坏，“哎！”

林佳一整个人都哆嗦了一下，因为她知道林森一旦露出这种表情就说明有事，她已经习以为常了。

念书的时候，这个亲哥就没少坑她。林森跑去网吧玩，林佳一要给他在父母面前打掩护；有女生送情书，她还要假扮女朋友帮他挡烂桃花。

她都快成二十四孝全职妹妹了。

她每次气得张牙舞爪时，林森都一脸笑嘻嘻地来哄她，还拿自己的零用钱给她买零食。如果这世界上有一个能让林佳一又爱又恨的人，那么一定非林森莫属。

“我知道你想说什么。”林佳一摆手打断林森的话，然后大义凛然地说，“看在你是我亲哥的分上，我就帮你。”其实是因为这是一个接近李昀的好机会。

“还有就是……”林森没想到她答应得这么痛快，可是他现在钱包有点瘪。

“我不敲诈你就是了。”林佳一说，“我又不是吸血鬼。”

如果不是林森每次都让她背锅，她是绝对不会打林森那点儿血汗钱的主意的。事实上，她每次从林森那儿敲诈的钱都没怎么动过。

林森兴奋地在她脸上“吧唧”了一口。

林佳一嫌弃地摸了摸自己的脸，不满地说：“多大了还流口水，真恶心。”

3

林佳一特地挑了一个休息日把电话打了过去，她知道李昀刚在榕城定居，而且工作也是刚起步的阶段，她虽然有心想见他，却不想打扰他。而且两人的关联毕竟是夹着一个林森，如果贸然主动联系，对于并不相熟的异性之间来讲，着实容易让人误会。

电话响了好久都没人接，林佳一的心脏就在一阵阵“嘟嘟”声中悬到了嗓子眼，那是一种焦灼的等待，烧得人心慌。

第一通没人接，林佳一以为他在忙，等了十分钟后又打了第二通。

依旧没人接听，林佳一悬着的心落了回去，取而代之的是一种莫名的失望，她安慰自己是因为陌生号所以李昀没有接。

她没有提前切断电话，依旧等待着听筒里的铃声响到最后一秒，她几乎已经不抱任何希望电话会被接通了。这时，铃声突然就像磁带卡住一样顿了一下，随后李昀慵懒而磁性的声音从听筒里面传了过来，林佳一落回的心脏再次悬了起来。

她说话都有一些语无伦次：“我是来帮你找房子的，那个……我……你，你今天有没有空？”她闭着眼想要咬掉自己打结的舌头。

李昀没有说话，听筒里很是寂静，她胡思乱想着李昀不会以为自己是中介诈骗吧？

“佳一，怎么了？”李昀说话有点飘，应该是刚睡醒，“我刚才睡着了。”

林佳一紧紧抓着电话，生怕错过李昀说的任何一句话。

“你找我？”李昀顿了片刻才问道，这次他的声音清晰多了，想必是刚刚那会儿在醒神。

“我哥说你最近要搬家，正在找房子，我想我可以帮得上你的忙。”林佳一语速很慢。

“你有空吗？”李昀慵懒的气音穿透电流。

“有呀。”她天天都有空。

“你来我住的地方找我吧，我一会儿把地址发到你的手机上。”

“好。”

李昀自打进了设计院工作后，基本是昼夜不分，他现在是工作初期，有很多事情要忙。虽然当时这家私企的老板是看中了他的作品，但是工程师并不是一个只要用图纸说话就可以的职业，他的人脉和工地实战经验之于老前辈来说都是大大的不足。

他想要追赶上，甚至是超越。

他从来不怕挑战，也不怕苦。在部队的那两年，他学到的最有用的东西就是坚持，坚持争取自己想要的一切，绝不回头。

他挂掉手机，揉了揉自己的眼睛。屋里的光线很暗，他昨晚通宵，天亮了才睡，他看了看满桌子凌乱的设计图纸，左手边的咖啡早已凉透。

他需要整理一下房间，还有他自己。

林佳一在错杂纷乱的小区左拐右拐总算找到了李昀说的那栋楼。

楼道很脏，不知是谁家把剩饭倒在了地上，发馊的味道刺得人鼻子痒。她来到三楼，看到 301 门牌号，敲了敲门。

“进。”

门没关严，林佳一推门进去了。李昀正在收拾桌子，上面是一堆一堆的 A4 纸，地上也有，林佳一差点以为自己来到了印刷厂。

“不好意思啊，有点乱，你先找个地方坐。”李昀摸摸自己的鼻子说。

房间小得可怜，除了一张桌子和一张能睡人的沙发，没有任何多余的东西，简单到极致，甚至都不如上回住的小破旅馆。

“你怎么住在这儿？”林佳一突然有点心疼他，眼睛竟然没来由地酸了。

到底是怎样的一个灵魂，才会过得这样狼狈和孤独，她理解不了。在她的认知里，人应该是活在有家人的陪伴里，有一个舒适的居所，一个温暖的环境，而不是像现在这样。

“这儿离公司比较近，我只是先住着。”李昀看向她，笑着打趣，“这不有仙女下凡来帮我了。”

林佳一脸红，不好意思地低下了头。

“我先去洗把脸，刚睡醒。”李昀搓了一把脸。

李昀和她错身而过，去了卫生间。

她目光扫了扫那张凌乱的桌子，全都是她看不懂的图，交错杂乱的线条，还有一堆不知道代表什么意思的数字，最上面的一层咖啡已经凝成薄薄的渍，挂在杯壁上。

“嘶！”李昀吃痛发出声音，林佳一想也没想便推开了卫生间的门。

“你怎么了？”她紧张兮兮的模样连她自己都觉得陌生。

李昀光着上身，正对着镜子刮胡子，满下巴的白色泡沫里有一丝血迹。

“让我看看。”她拿起搭在旁边的毛巾把李昀脸上的泡沫给擦干净。

口子不深也不长，就是破了一小块皮，划伤了毛细血管才会有点冒血。

李昀笑说：“好歹我当初也是医学生，这点儿小破伤。”

“你一个男人下手没轻没重的，我帮你吧。”

李昀没拒绝，松开手里的刀片，任林佳一摆弄，她的手又轻又软，不经意地摩擦在自己的脸颊两侧和下巴之间。

他突然很享受这样被人照顾，竟然有些沉迷。

他从小就没得到过父母的关注，他就像一个一生下来就被人遗弃的那部分存在，和正常的孩子相比少了很多关怀和爱护。在原本被家人捧在手里呵护的年纪，他却在忍受父母亲每天的争吵；在原本应该被家人督促看护的年纪，他却正在忍受父亲带着其他的女人回家的场面。

在他前半生最重要的一个关口，他还在考场上奋力一搏，结果回家面对的却是父母签字离婚的消息。

他的人生有多可悲，有多凉薄，只有他自己知道。

没人关心他是不是吃过饭，也没有人关心他睡得是否安稳。

在他的世界里，从来都是独自上路，不与任何人结伴，哪怕是生他养他的亲人。

他仰着头，目光垂下。林佳一正认真盯着他的脸颊，轻轻用刀片刮着，眼神专注，那副怕伤到他的小心模样让他心里一热。

“你刚才干吗紧张兮兮的？”他试图找点儿话题，喉结和下巴都微微耸动。

“你别动。”林佳一被他轻微的小动作弄得有些紧张，出口就是训斥，如情人之间小打小闹一般。

李昀噙着一个泡沫般的笑：“好，我不动。”

4

林佳一刮得很仔细，手法虽然熟练，但还是磨蹭了一点时间，她怕自己不小心手一抖就会在李昀那张脸蛋上再加上一道口子，何况当事人还这么不配合，明明说好了不动的，但总是不经意地就咽一下口水，抿一下嘴唇。

这些都是人最自然的反应，却无意间把她撩得心慌，男色当前，就算她定力再强，也难免心猿意马起来，人一分心，做起事情来就降低了速度，前前后后刮了半个小时才总算把这一亩三分地的小下巴给刮完了。

“好了。”林佳一说。

李昀抬手摸摸自己光滑的下巴，赞同道：“真好。”

“你等会儿。”林佳一从自己的小包里面翻出一张创可贴，照着李昀的下巴就贴了上去，“先贴着，这两天最好是擦脸不要洗脸，不见水好得会快些。”

“嗯。”李昀笑道，“你怎么跟个小棉袄一样啊？”还真是贴心。

小棉袄？

林佳一眨眨眼睛看向李昀，男人的眉目俊朗，头发是短茬，干净清爽，被光晕覆盖住的脸颊清冽分明。

李昀没再继续说下去。

她急了，追问道：“你刚才说的是什么意思啊？”

“没什么意思。”李昀笑说。

“那个，我哥说你最近要找房子。”林佳一说明来意，“正好我之前在房屋中介工作过，可以帮你看看。”她顿了一下又说道，“防止你被骗。”

她还笑了两声，掩饰自己的尴尬。

“对了，你还没吃饭吧，我们先去吃个饭。”她想起桌上那杯冷掉的咖啡，“你想吃什么？”

“你决定吧。”

“好，那就去吃小笼包。”

林佳一主动联系了以前的同事，吃饭的时候就一直在聊微信，目的是想打听设计院附近现在有没有合适的房源。

她之前做房屋中介的时候，虽然业绩不好，但是人际关系处得还不错,而且对于房源信息的整合也比其他人做得好。虽然她现在离职了，不过依旧记得她交接之前手里有一套房子就是在设计院附近，而且环境和价格都还不错。

“你怎么不吃？”李昀抬眼看旁边忙碌着的人，手指噼里啪啦地在手机键盘上敲来敲去，从坐下那一刻开始就没闲过。

“等一下就吃。”

她头也没抬，手指飞速地在手机屏幕上打着：“红姐，我离职之前手里的那套房子现在租出去了吗？”

红姐：“租出去了。”

林佳一心凉了半截儿，手指停在手机键盘上，低头眨眼寻思道，这下可怎么办？

她又问：“那旺西区设计院附近还有没有其他房源？”

红姐：“佳一，你要租房子吗？”

她回："不是我租，是我的一个朋友。"

红姐好奇地问："男的女的？"

林佳一以为这是例行公事地询问租客性别，想也没想就回了是男的。没过一会儿，红姐说那片区域刚刚有一个房东空出一套房子，不过要去找房东要一下钥匙，一会儿再联系。

"成了。"林佳一露出小白牙，嘻嘻地笑。她突然觉得自己并不是那么一无是处，还是有点用处的。

李昀观察着她的一举一动，发现她认真的样子特别可爱，敲了敲她面前装着醋的碗笑道："成了，就先吃饭。"

林佳一面前的小笼包都有些凉了，她夹了一个到碗里，蘸了点儿醋刚要往嘴里送，桌子上的手机屏幕就亮了，是微信提示消息，内容正好被坐在旁边的李昀也看个正着。

红姐说："下午两点，你带男朋友过来看房吧。"

她瞄了一下身边的男人，脸颊有浅浅的酒窝浮现，她想到刚才"男朋友"三个字，脸瞬间红成了口味虾。

两个人在附近的商场逛了逛，二楼是一片儿童乐园区域，有好多父母带着小孩儿玩，一堆黄色的泡沫球覆盖了一大片区域，一个个稚嫩的小人儿畅游在这片无忧无虑的乐园。

李昀站在栏杆外，突然有点想抽烟，不由自主地摸向自己的兜，后来想到商场里禁烟，便忍住了冲动。

不远处有个淘气的小孩儿非要往高处爬，地上铺了一层厚厚的泡沫板，即使摔下来也不会有丝毫伤害，但是孩子的父亲依旧站在下面张开双臂看护这孩子，那是一种本能的保护。

“你在看什么？”林佳一顺着李昀的目光看过去。淘气的孩子落了下去，父亲稳稳地接住了他，然后转了两圈，是两张洋溢着笑意的面孔。

“你回家了吗？”林佳一也不知道自己怎么突然就问出口了，也许是面前的一幕太有感染力了，也许是李昀身上很自然地在泄露某种浓重的情绪。

林森曾经说过，李昀是一个有家归不得的人。

“还没呢。”李昀云淡风轻地说，“工作太忙了，而且……”他没再继续说下去。

气氛突然沉重了起来，他看了看时间，然后催促道：“我们走吧。”

红姐说的那套房子地段真的不错，是一个新小区，房主是一对上了年纪的夫妻，本来是准备给自己养老的房子，但是儿子要移民，老两口也要被接过去了。老人不舍得卖，于是才有了出租的打算。

这个小区距离设计院步行只需要十分钟的时间，这套房子是一室一厅的，可以做饭，坐北朝南，客厅有一个硕大的落地窗，穿透森森云楼望去，是一片人间景象。

“就这个吧。”李昀站在落地窗前面淡淡地说道。

红姐应该是没见过这么爽快的租客，一点讨价还价的意思都没有。

这房子地段很好，装修其实很一般，老两口只是想找个人托付，也不是吃租金的人，所以价格定得很是合理，李昀当场就签了租房合同。

“你就不怕租金开得太离谱吗，也不考虑考虑，这么轻易就决定了？”林佳一和李昀一起出了小区，然后问道。

“有什么好考虑的。”李昀摸了一根烟，他憋了很久了，在商场的时候就想抽了，“再说，不是有你嘛。”

林佳一被他这句话砸得眼冒金星，她竟然不知道怎么接下去，慢慢地，这句话的余韵从心头散开，她有些窃喜，有些甜蜜，像是一株即将盛开的花，散发着芳香。

5

赵糖最近总是一下班就闪得很快，然后回家的时候就会拿着两份小甜点去找林佳一。

她站在柜台边故意磨蹭半天，直到店员第三次问她：“你需要点儿什么，我可以给你介绍一下我们店里的甜品。”

“我……我自己看看吧。”赵糖站在展示柜前，其实眼睛一直在店里瞟来瞟去，她看了许久也没看见熟悉的脸。

她再次看了一眼店员制服上面的商标，是“有家西点”啊，没错啊，难道是林森哥给的信息有误，或者是她听错了？

她连续来了好几天也没见到人，真怀疑自己曾经见过陈禾的事情只是一场梦。她每次怀疑的时候，那件挂在她衣柜里带着奶油味道的外套总是会把她拉回现实——这不是梦。

“陈姐。”后厨传来男人的喊声。

“来了。”在摆货的阿姨听到召唤赶紧进去了。

有种直觉告诉赵糖，那个人在里面，她听出了他的声音，很淡很干净。

“你选好了吗？”店员再次出声。

赵糖看向后厨的眼神赶忙收回来，为了掩饰自己的失神，她连忙道：“就老样子吧。”

挑来挑去还是老样子，店员都忍不住抿嘴笑了。

所谓老样子就是一块黑森林蛋糕和一块奶油草莓蛋糕，“黑森林”是带给林佳一的，“草莓”是给自己的。其实她并不是特别喜欢吃草莓蛋糕，可是她第一次在柜台上挑的时候就相中了这块，一块三角形的纯白奶油蛋糕，上面只有一颗大大的草莓，比起其他的，这个样式简单，甚至有些寡淡，可她就是喜欢。

一见钟情，也存在人和物身上。

“这个是我们店主的儿子设计的，因为样式太寡淡，所以销量一直很差，没想到你竟然会很喜欢。”店员一边封袋，一边说着。

店主的儿子？

赵糖想，是陈禾吗？

“你的蛋糕。”店员把蛋糕递给她。

赵糖接过，目光再一次瞟了一下后厨门口，然后才恋恋不舍地转身走了。

就在她离开不久，陈禾从厨房出来，身上还沾着很多面粉，他刚做好一批蛋糕，现在要去送货。

“禾哥，要去送货吗？”店员笑着问。

“嗯。”

“今天的草莓蛋糕又卖出去了。”店员说。

陈禾看了一眼展示柜里空荡荡的位置，然后推车出去了。

这几天草莓蛋糕卖得很快啊，一块蛋糕的保质期最多就三天，他当时只是额外做了几块，以往都会因为过期而下架，这几天竟然接连卖了出去。

他做这个的目的不是为了卖，只是深深记得，有个人很喜欢吃。

“你最近是要增肥吗，怎么接二连三地买这种容易发胖的东西吃。”林佳一趴在床上，一边说一边往嘴里塞黑色奶油。

“就是想吃了。”赵糖情绪不高。

“你是不是找陈禾去了？”林佳一洞察到她的心思，“你见到人了？”

“没有。”赵糖把草莓吞了进去，含混不清地说，“好几天了，也没见到人。”

“果然是为了男人。”林佳一撇嘴道。要不然一向宣扬减肥的赵糖怎么会突然对这些甜得发腻的高热量食品感兴趣。

“你还有脸说我。”赵糖回击。

林佳一对李昀上赶着那股劲也是够了，前两天还屁颠屁颠帮人去搬家了。

“唉。”林佳一翻个身，看着天花板叹气，“你说咱俩是不是红鸾星被人偷了，怎么就飞不动呢？”

“估计是被人吃了。”赵糖也叹气。

“吃饭了。”林森推开卧室的门探头，看着屋里一个两个垂头丧气的脑袋，深深感觉到一股怨气。

“这是……怎么回事啊，顶着两张闹心的脸？”林森说，“小心嫁不出去。”

赵糖和林佳一双双看向林森，凌厉的目光快要在林森身上刺出几个洞来。

“别用这样的眼神看着你们的哥哥。”林森退后一步，“怪瘆人的。”

“糖糖最近忙吗？”林森咧着嘴。

“有点忙，自从上次那件事发生之后，领导就暂时不许我出外勤了。”赵糖委委屈屈地说。

“这不是怕你出事嘛。”

“我不忙。”林佳一适时地插了一句。

“哪儿都有你。”林森瞅她。

“嘁！”

赵糖突然问了句：“森哥，陈禾是不是经常在店里啊？”

“对呀。”林森点点头，“怎么突然问这个啊？”

“就是突然想起来了，还没有为了上次的事情好好感谢他呢。”赵糖说。

“那个人闷骚得紧，天天躲在厨房里揉面团，你下回直接冲进后厨就行，就说我让去的。”林森大言不惭地说。

赵糖欣喜地笑了笑。

晚饭后，赵糖打包了一份饭带给父亲，临走的时候，林母还让她没事多带父亲来家里坐坐，不要老闷在家里。

赵糖连声应着，离开了林家。

林佳一躺在床上冥思，距离上次给李昀搬完家已经过去一周，至今两个人都没有联系。林佳一有种被人占了便宜却没有人负责的错觉，虽然是她主动的，可是不会真的连一顿感谢的饭都不请吧。

“小气。”林佳一心烦意乱地抓抓头，准备去隔壁骚扰一下林森。她虽然和林森吵吵闹闹地过了二十几年，但是她发现自己无聊和心烦的时候总会第一个想起哥哥。

门是虚掩着的，林佳一先听见了声音。

“老师，您让我想想好吗？”林森的声音很疲惫，有一种透着死灰般的失望。

她听见一声非常沉重的叹息，像是钻进了她的心里，有种发酸发胀的东西在不断发酵。

林森是遇见什么事情了吗？

这还是她第一次听见林森这么疲惫的声音。

不一会儿，她又听见林森说：“我一定尽快给您答复，您也知道我最近要负责一台手术，很重要的。”

林佳一扶在门把上的手最终没有推出去。她从门缝里看见背对着她打电话的背影，依旧是那副邋遢的样子，这一刻，她突然发现林森的另一面，是她无法窥探的一面。

她抬起眼睛，透过缝隙看了一眼林森宽阔却耷拉的肩膀。

到底是什么事会让一向乐观的林森叹气，到底是什么会把那挺直的肩膀压了下去？

她发现自己竟然一无所知。

Chapter 04 你是不是喜欢我？

1

林森特地踩着点进的医院，护士站的护士长见到他来还打趣一番今天是吹了哪股子的邪风才会让这么勤勉的林森也竟然开始学会偷奸耍滑了。

要是平时，林森一定会吹着口哨，和美女护士扯个皮，可今天他只是点头示意了一番便直接去了更衣室换衣服。

今天上午有一台很重要的手术，是外科主任特地让他来做副手的，对于一个刚进医院两年的实习医生来说，能被主任看中做副手，这是一个千载难逢表现的机会，如果做得出色就会受到更多人的重视，在医院操刀或者成为主刀的机会也会变得更多。

他在手术室外认真地洗手消毒，这时主任进了手术室。

“好好表现，这是你的机会。”外科主任拍拍他的肩膀。

此时的林森蓝色口罩下是苦涩的微笑。

手术比预料之中的还要顺利，最后的缝合工作也是林森做的，手法熟练又快速。当年他在学校的时候没少拿玩偶娃娃做练习，他一直是很刻苦的人。

“你来一趟我办公室。”主任摘下手套，扔进垃圾桶里。

林森点着头，根本不能拒绝。

林森抬手犹豫了两次，才敲响了主任办公室的门。他明知道要面对的是什么，却无法后退，他已经逃避很多次了，无处可避了。

“请进。”

林森推门而进，看着穿白大褂的主任逆着阳光坐在办公桌前，眼睛上架着银边眼镜，双鬓已是斑白。

这是他的前辈，和他的老师一样，都是同样值得尊敬的人，却又为何要在暗处卷起腥风血雨，波及只想安稳做事的人？

“来了。”主任的手没停，在处方单上签字，“林森，你考虑得怎么样了，这次我一定要得到一个答复。”

林佳一打了很多通电话给林森，那边一直是无人接通的状态。她突然想起昨晚偷听林森打电话时的沉重状态，隐隐有些担心。

她瞎翻着电话记录，翻到李昀那一栏的时候手指停了一下，她想，林森会联系他吗？

还没来得及细想什么，手机振动把她从失神的状态里拉出来。

是林森。

“喂，哥，你在哪儿呢，我打你那么多通电话怎么不接啊？”林佳一急了，“你到底在哪儿呢？”

“是我。”是李昀，“林森喝多了，我现在带他回家，你在楼下接一下。”

“喝酒？”林森自打进了医院，就很少喝酒了，他总说酒精会麻痹大脑，会让他拿刀的手容易出错。

他不允许自己出错。

“我马上下去。”林佳一换衣服换鞋的速度很快，但是也很慌张，不小心把随手扔在床上的手机给碰到了地上。

李昀没有挂断电话，他嘱咐道：“你别着急，小心点儿。”

林森果然喝得烂醉，中途还吐在了出租车上，司机大叔一脸无奈，是李昀多给了些钱，让他去洗个车这才打发了。

林佳一从李昀手里接过林森，一米八的大个子，还是一个具有重量的男人，差点没把林佳一给压倒，她晃悠了一下，才艰难地支撑起身体。

“你行吗？”李昀担心。

“行。”她咬牙，“没事。”嘴上这么说，身体还是不自觉地晃悠了两下。

李昀看她硬撑的样子，忍不住挑眉笑了。

“我来吧。”李昀把林森拉到自己的背上，然后看向林佳一，“你带路吧。”

声控灯维持的时间有点短，林佳一每上一层，就要跺一下脚。

“你小心点儿。”林佳一频频回头看李昀。

李昀就算再有劲，林森也着实是一个大男人，何况喝醉了的人格外沉，林佳一看见他的额头上已经有薄汗浮现了。

安置了林森，李昀和她退出房间。

“你怎么会和我哥在一起啊？”她问。

“酒保把电话打到我那儿了，我赶去的时候他已经趴在那儿了。我看你打了一堆电话，就回了个电话给你。”李昀皱眉，想不通木头怎么突然去买醉了。

“我感觉我哥好像心里有事。”林佳一说。

“过两天我问问他。”李昀抹了一把脸上的汗。

“你快去洗洗吧。”林佳一走在前面。

李昀洗完脸出来，就看见林佳一不知道在厨房鼓捣什么。

“你在干吗？”

头顶传来一阵低沉的声音，林佳一脑皮都麻了，正在用热水烫杯子的手差点一抖。

“什么茶？”

李昀嗅了嗅，他以前当兵的时候没少在班长那儿蹭茶喝。当时他们去的是云南的部队，那里盛产普洱，味道浓厚苦涩。

“这是龙井，我爸一个朋友送的，他是杭州那边大学的教授。”林佳一把热水倒进晶莹剔透的杯子里，淡绿色的茶叶被水冲开，在水中舒展开。

“这算是给我的福利吗？”李昀笑。

“你最近怎么样？”林佳一垂着眼睛不敢看他。

“忙。”他言简意赅。

他的确很忙，除了睡觉，几乎没有一分钟是闲着的，其实这也是因为他一个人生活，在榕城的朋友也不多，除了工作，真的没什么可以慰藉自己了。

说来也真是可悲，明明生活在自己的家乡，活得却跟个异乡人一般。

“那房子住得还舒服吗？”

“舒服。”他瞄了林佳一一眼后，笑说，“特别舒服。”

两人有一搭没一搭地聊了挺多，李昀突然觉得这一刻很舒服，他不经意打量着面前的人。女生的脸很白净，长相一般，五官顶多算得上是一般标致，单拿出来看还算顺眼，扔在人堆里其实看不出来多特别。但是他总能感觉到林佳一带给自己一种很特别的感受，那种不知名的感觉像一把火燃烧着他。

他以前挑女生，都是看长相，要不就是性格。

只有林佳一给了他一种前所未有的感觉，而且他很确定，那是他想拥有的却一直缺失的东西——归属感。

2

“出来。”林森接到李昀电话的时候，正在开最后一张处方单。

“啥事？”林森边夹着电话边写字，“今天吹的是哪股子邪风，你竟然也会约我？”

“别废话。”李昀向来不太爱解释很多。

“知道啦，在哪儿见？”林森在单子上签上自己的名字，“等我。”

挂断了电话，他把单子交给护士，然后嘱咐道：“十二床的病人晚上还要换一次盐水，另外，这几天晚上要关注一下排尿的情况。如果有任何问题，记得随时打我电话。”

“好的，林医生。”护士应道。

两人约在李昀家。

林森一进门就扑在了床上，跟一条死鱼一样瘫在那儿。

“你明天上班吗？”李昀在电脑中抬头。

“不上了。”林森揉着太阳穴说。昨天宿醉，脑仁疼得厉害，一阵一阵地抽痛，要不是医院今早有护士打电话来催说十二床他负责的病人有点不太对劲，本来今天他也不想去的。

“你昨天怎么了？”李昀沉声问道。

“什么怎么了？”林森眼睛也不抬地应道。

“你的导师没教过你在值班工作时间不能饮酒吗？”李昀说。

当年他们上大学的时候，教授就提过，如果非休假的时候，尽量不要饮酒。如果真的有紧急手术的话，不清醒的大脑可能会断送一个本应该活下去的生命。

“我今天没手术。”林森叹息，鼻翼之间依旧萦绕着淡淡的酒气，他昨天喝得的确是太多了，一天一夜也没有完全散尽。

“是不是有人在压迫你？”李昀试探性地问，这是他想了很久得到的结论。他十几岁就奔赴部队，后来又在外漂泊两年，见过的事情太多了，有人的地方就有争斗，他能想到的唯一可能，就是医院里有人在拉帮结派，而林森很优秀，受到了两方甚至是多方的青睐。

闻言，林森停下揉着太阳穴的手，然后慢慢地睁开眼睛，天花板吊着的白炽灯刺得人眼睛生疼。他本来就隐隐抽痛的大脑，一瞬间刺痛万分。

“你还记得读大学的时候那个季教授吗？”林森开口。

“记得。”李昀想了想，“我记得当时他也是榕城医院的外科医生，同时也是榕大外聘的授课教授，你很敬佩他。”

林森当初就是一个一腔热血的傻小子，把季教授当作自己的目标，一心想要进外科。

“他也是我读研究生时候带我的老师。”林森顿了很久，才说，“现在却成了逼迫我的罪魁祸首。”

如果不是季教授先有了拉拢的意向，主任也不会对他一个实习两年的菜鸟医生产生什么想法，“罪魁祸首”这四个字几乎是判了所有人的死刑——在这场争夺的风暴里，没有人会是最终的胜利者，有的只是无止境的两败俱伤。

“他拉拢你了？”李昀黑色的眼睛在泛光，聪明如他，怎么会想不出这其中的利害关系。

林森手抚上自己的额头：“前两天有一台很重要的手术，主任临时让我做了副手。”他说不下去了。

临时换成他的目的很明显，主任这是在给他机会，让他明白在外科，自己的话语权还是很大的。

李昀肯定道：“你做了手术，季教授紧张了，所以他逼你。”

外科就那么大点儿的地方，除了能力就是人脉，对于上了年纪的人还想要在医院占有一席之地，除了自己的学术名声，另一个重要的因素就是继承者。

培养出优秀的人才，是声名造势的另一种手段。

而林森，显然就是一个很好的继承者。

可是李昀知道，对于林森来说，他不适合掺和进这样的战争里，一边是领导，一边是导师，太难选了，何况不管他选择哪一边都是对自己初心的背叛。

不用林森开口，李昀也知道了他的答案。

长久的静默，钟表嘀嘀嗒嗒的声音像是与心脏跳动频率同步一般，李昀看着林森有些湿红的眼角，竟然不知道如何出口安慰。

“我们今天再去喝一杯吧。”李昀提议，“不醉不归。”

酒吧。

林森趴在桌子上彻底昏迷不醒，李昀酒量很好，但是此时也有点儿迷糊，脑子昏昏胀胀的，被酒吧昏暗的灯光和混乱的音乐一刺激，他前段日子熬夜的后遗症跟着酒精一股脑就全跑了出来。

他现在根本没有办法拖着一个已经醉得不省人事的人回家，他需要找一个清醒的人来接他们俩。

“佳一，给哥倒杯水喝。”林森迷迷糊糊地说了一句。

李昀如梦初醒，摸出了手机按下了手机通讯录里面的第一个联系人。

林佳一坐在出租车上，心急如焚，刚刚接到李昀的电话，虽然内容清楚，可是语气里明显透着醉意。

车子停在酒吧门口，林佳一付了车钱，连零钱都忘记拿回来就推门疾步跑进了酒吧。

站在前台的酒保满脸笑意相迎：“小姐，几位啊？”

“我找人。”撇下一句话，她就跑了。

五彩的灯光闪得人眼睛疼，正好是午夜十二点，这个时间的酒吧都会有互动的活动，台上的主持人正在宣讲游戏流程，底下的人一拨又一拨地喊叫。

林佳一奋力钻进人群，终于在一个不太明显的座位上找到了已经不省人事的林森以及正在被人搭讪的李昀。

“帅哥，要不要一起喝个酒？”长发波浪美女张着红唇发出邀请。

林佳一的脚步定在离两人一米的地方。

音乐震耳欲聋，林佳一愣了一下神，才走过去，错开李昀的目光，直接冲着林森走去。

“哥。”她拍了拍林森，“回家了。”

林森没动静。

“怎么又喝这么多啊？”林佳一用力又拍了拍，“醒醒啊。”她心里有股酸劲和愤怒不知从何而来。

“别叫了。”李昀说，“还是找人背出去吧。”

林佳一心里蹿了点儿火苗，横了一眼还没有走的美女，埋怨道:“你明知道我哥最近心情不对，你怎么还主动带他来喝酒啊。”

“你怎么了，”李昀反而笑了，“今天怎么火气这么大？”

林佳一自知不应该用这种态度，她只是一时没忍住。

“帅哥，我们走吧，我朋友等着呢。”美女催促道。

林佳一撇撇嘴：“你赶紧的吧，别让人等着了，我自己能把我哥带回去。”

李昀笑，然后对着美女摊手道：“你也看到了，家里管得严。”

美女瞥了一眼林佳一，扭着翘臀离开了。

李昀虽然神志不太清醒，但是还能走，林佳一找了一个酒吧的工作人员把林森背了出来。深夜难打车，等了好一会儿，才有一辆载客而来准备收工回家的出租车。

司机本来不愿意拉这趟活了，但是还好不管是李昀家还是林家都是在一个方向，还算顺路，再加上司机大叔体谅一个小姑娘大半夜拉着两个醉酒的男人也不是很方便，于是接了这个单。

为了防止林森像上一次一样吐在车里，林佳一特地把他放在了副驾驶座，还把窗户开了一条缝，有风吹进来，醉酒的人会舒服很多。

李昀和她坐在后面。

车在行驶中。

司机大叔没话找话：“这两位是你什么人啊，大半夜你带着两个喝醉的男人也不知道危险。”

林佳一瞥了一眼身边的李昀，后者把头靠在椅背上，眼睛闭着，在黑色的狭窄空间中，她能感受到他身上散发出的酒气和热量。

她想起刚才在酒吧里李昀那句“家里管得严”和司机大叔的询问产生了奇妙的化学作用。

还好天够黑，没人发现她的异样。

“我哥。”林佳一尴尬地回答。

“两个都是？”司机大叔问。

她轻轻“嗯”了一声。

寂静的车厢里只有此消彼长的呼吸声，林佳一看着窗外倒退的路灯，忽然肩头有重量覆盖，她心里一紧，慢吞吞地把头转过来，脸颊被极短的毛发刮得又痒又疼。

李昀靠在她身上吐着酒气。

“李昀。”她小声叫他。

“嗯。”李昀迷迷糊糊应了一声。

“快到家了，你醒醒。”

李昀没应声。

车子行驶过一个分岔口，由于惯性的原因，李昀的身子往她这个方向更倾斜了些，林佳一感觉她整个人都快被他身上的热度和气味给包裹住了。

车子开始减速，前方快到李昀所住的小区。

“李昀,到家了,你醒醒。”林佳一在车子快停下之前拍了拍他的脸，试图叫他起来。

“我不回去。”良久，李昀嘟囔了一声，头在她肩膀上蹭了蹭。

他不想一个人面对冰冷的屋子，而他永远都是用工作和咖啡来麻醉自己。

“我不回家。”他又说。

林佳一听到了哽咽的声音。

“师傅。”林佳一叫着前方开车的司机，“直接回锦景佳苑吧。”

车子又慢慢加速了，直接往林家的方向开去。

那一刻，她心里有一个很炽烈的想法，她想带李昀回家。

3

深夜不堵车，司机师傅人很好，把林森背上楼，林佳一扶着晃晃悠悠连步子都走不稳的李昀一步一个台阶地走。

她一只手搂着他的腰身，一只手紧紧抓着他的手，两人都用了力气，双手从最开始简单地握着变成了十指紧扣，甚至能感受到对方指缝中湿润的薄汗。

头顶是带着酒气的呼吸，手上是炽热的温度，这种感觉快把林佳一心中骚动的那根小草连根拔起，只差最后一个助力。

“你抓紧我，我扶着你上去。”林佳一看着他迈着步子叮嘱道。

她感受到李昀的手掌有粗糙的纹路，磨得她有些疼。

李昀双眼迷离地看着她，在楼道暗沉的灯光下，竟然让他有种意乱情迷的错觉。

林佳一心里紧张，两人离得很近，她侧脸时不时有微热的气息像

浪潮一般，一拨又一拨地传来。

千辛万苦总算把人弄到了家，父母这时候已经睡了，林佳一小声告诉司机师傅动作轻点儿。

这个时候如果把父亲大人吵醒了让他见到林森这副买醉没出息的样子，估计少不了发一顿脾气，为了她哥身上少几道红痕，她还是谨慎一点为好。

家里没有多余的空房间，又不能把李昀安置在客厅，只好把两个醉酒的男人一起拖进了林森的房间里。

碰见床的身子立马变得更沉，就连有几分清醒的李昀也闭着眼睛躺下了。

“今天谢谢您了。”林佳一把司机师傅送到门口，给了钱，“您慢走。”

林佳一去卫生间弄了两条湿毛巾，她先是给林森脱了外套，又给他擦了脸。

他睡得特别沉，一点都感受不到外来的刺激，林佳一擦干他脸上微浅的泪痕，然后给他盖上被子。

她拿起那条干净的湿毛巾，绕到床的另一边，慢慢地给李昀擦脸。她本来也想帮李昀脱外套，让他睡得舒服点儿，可是手抚上第一颗扣子的时候，她心里在打鼓，迟迟不敢解开。李昀穿着单薄的黑色衬衫，里面是若隐若现麦色的皮肤。

她后知后觉地想到，那天她给他刮胡子的时候，他就是赤裸着上身对着她的，当时没觉得怎么样，可是现在有点像酒在发酵一样，越来越浓。

林佳一只开了床头的台灯，淡黄的光晕打在李昀的脸上，她低头看着他，视线在他饱满的额头、俊朗的眉目和挺立的鼻梁上来回流连。最后她胆子大了一些，目光移动到锋利的嘴唇上，她记得这张薄唇笑起来的时候，脸颊有浅淡的酒窝浮现的。

鬼使神差一般，她的手伸向了男人的脸颊，她尝试着用手指在酒窝出现的地方轻轻打着圈，最后又抚上他薄软的唇。

突然，李昀睁开了眼睛，她吓得赶忙缩回了手。

“我……我没别的意思，你别误会。”林佳一紧张地说，“我就是给你擦擦脸，你要不要喝水，我去给你拿。”她想摆脱这种窘迫。

她刚要起身，手腕被人牢牢抓住。

李昀那沙哑又低沉的声音，悠悠响起，他问:“你是不是喜欢我？”

林佳一扭头背对着他，被他这一问，心脏立刻提到了嗓子眼，她不停地抿嘴又吞咽口水，不知道怎么回答。

是老老实实地全盘托出自己的心意，还是装模作样地蒙混过关？

她的确对李昀有那种男女层面的意思，但她也不是很确定这种感情是不是喜欢一个人。人类的感情是很复杂和混乱的，就像一个程序或者组织里，在一种模式下，有很多相似的东西，你可以说它是同一类，也可以说它不是。

她最开始从林森的嘴里知道李昀只是觉得好奇，好奇他长什么样子，性格到底是怎么样的，为什么可以做那么多“离经叛道”的事情，为什么可以活成那种样子？

她是一个女孩子，从小就被父母亲教育要知书达理，所以她心里的小叛逆只会在林森面前表达，在其他人眼中都是收敛的，永远装成一副“好学生”的模样。有时她觉得自己现在变成一个如此经受不起打击的人，其实和她从小受到的教育有很大关系，她永远都是被保护和教养的那一个，她甚至都没有林森那种偶尔会反抗的勇气。

她就连挨打，都不敢承受。

她自己在脑海里做了五分钟的思想斗争，这才慢悠悠地开口：“其实我……”她转过头，看到一张已经熟睡的脸。

李昀睡着的样子，毫无攻击性，而且温顺到想给他顺顺毛。她看着看着，翘起了嘴角，然后伸手关了台灯，离开了卧室。

第二天一大早，林家父母已经早起去晨练了，林佳一睡得迷迷糊糊间微微睁开了眼睛，阳光透过薄纱照进房间里，有些刺眼。

突然，她听见一道男人惊叫的声音，猛地从床上蹿起来，跑到隔壁林森的卧室，看到一场惊悚大戏。

林森像个小媳妇一样，紧紧攥着身上的被子，一脸惊恐，夸张地指着对面的李昀说：“你……你昨晚到底对我做了什么？”

林森光着上身，是昨天林佳一替他脱的衣服，但李昀身上的衣服完好无损，只因穿在身上睡了一宿而变得皱皱巴巴的。

李昀揉着隐隐作痛的太阳穴，根本不理会坐在对面大呼小叫的林森。

林森掀开被子，痛恨道：“你个变态，脱我衣服干什么啊？”

李昀脑袋更疼了。

林佳一实在是看不下去了，出声阻止：“是我脱的。”

两个男人齐刷刷地看向门口。

林森开口问："你怎么只脱我的，不脱他的衣服呢？"

"我……"林佳一咂舌，她总不能说她是因为不好意思吧，这完全就是不打自招啊。

李昀瞅了一眼林佳一，然后扑向一旁的林森。

"你干什么？"林森在被子里喊。

"我让你看看我到底是不是真对你有意思。"李昀故意说。

"大哥，我错了。"林森大叫，"你别动真格的，我可是直的。"

"啊——"

闹剧过后，林森和李昀挤在卫生间洗漱。林佳一准备了一套新的洗漱用品给李昀。

林森一边哼着小曲一边挤牙膏，然后瞄到那套新的牙具"啧啧"地说："这小妮子，今儿怎么这么上心。"

李昀抿着嘴角，拆了那套牙具，挤上牙膏，头也不抬地问："你今天要去医院吗？"

"不去了。"林森满嘴泡沫，"有紧急病人，医院会 CALL（打电话）我的，我昨天特意调了两天休。"他漱着口突然顿了一下，然后看向李昀，暧昧地眨眨眼，"我这不是要和你过二人世界嘛。"

李昀漫不经心地威胁："没被虐够是吧。"

"我开玩笑，开玩笑。"林森干笑。

李昀抹了把脸，镜子里的自己有点憔悴，黑眼圈若隐若现，脑子里猛然钻进了一段淡薄的回忆，他惊了一下，刷牙的手停了下来。

他昨天，是不是对林佳一说什么了？

“你怎么了？”林森问他。

“没事。”李昀想了一下，欲言又止，“你妹……”

“佳一？”林森抬眼看他，“她怎么了？”

“你妹搞对象了吗？”李昀问。

林森“扑哧”笑了：“就她那个愣头青一样的傻丫头，谁会看上她啊。”林森嗅到了不对的气息，“你不是看上佳一了吧？”

“没有，你想多了。”李昀面不改色地说，“我就是随口一问。”

“也是，你向来喜欢安静懂事的，就像赵……”李昀沉着的目光瞟了过来，林森自知多言，安静地闭上了嘴。

4

林佳一在厨房鼓捣早饭，她厨艺不精，但是熬个粥热个菜的事情她还是能做得来的。

她把热好的菜从锅里拿出来，灶台上另一边的铝锅里面的白粥正在“咕嘟咕嘟”冒着泡。

她端着盘子的手不稳，盘子边缘蹭到了手指，她被烫了一下，一时之间有点顾不过来那边快要冒出锅的白沫。这时，一只修长的手拿起了勺子在锅里搅动。

她抬眼瞅了一下，李昀刚洗过头，头发湿漉漉的，像是被雾气打湿的。

她转身把热好的菜放在桌子上，然后对正在轻轻搅拌粥的李昀说：“我来吧。”

“我看看你的手。”李昀把火关了。

“没事。”她说。

李昀伸出长臂，自然地牵起她的手看了看，被烫到的部分只是微微发红。他拉着她的手，打开水龙头，用凉水冲了冲。

“这样能舒服点儿。”两人凑得很近，他的气息环绕着她。

“其实……没事的。”她小声说，脖子都快缩到领子里了。

水哗哗地流，明明是冰凉的温度，林佳一却觉得此刻被李昀攥住的手热得发烫，然后从指尖开始蔓延，慢慢地，她全身都有些开始发烫的迹象。

“我昨晚没说什么胡话吧？”李昀冷不丁问了一句。

她愣了一下，抿了抿嘴，昨晚的记忆一下子就回来了，李昀攥着她的手问是不是喜欢自己的样子，很戳人。

“没有。”林佳一躲开他的目光，顿了一下说，“你昨天睡得特别熟。”

“那我睡着之前呢？”他盯着她的眼睛问。

不知道是不是错觉，林佳一总觉得李昀有点咄咄逼人的气势，她要是不说出来什么东西，今天肯定是逃不过去了。

可是她真的要说实话吗？如果说了实话，李昀一定会问她答案，到时候她又该怎么说？

难道要在这种什么都不确定的情况下，就胡乱地说喜欢吗？

他们都是成年人了，不是小吵小闹的学生，说出的话随着年纪的增长开始有了分量。何况，她心里最深处其实是有些自卑的，觉得这样没有出息的自己，配不上这么好的李昀。

“你睡着之前说了两句根本听不清的话。”她干笑两下，“我根本

就没听清楚。”

林佳一关掉水龙头，抽回自己的手。

李昀若有所思，眉心浮现淡淡的“川”字，他依稀记得他昨天好像说了什么重要的话，可就是不太记得清内容了。

“记不清就记不清吧，估计也不是太重要。”李昀说，“要是真说了什么混账的话，你也别放在心上。”

林佳一垂眸，握着自己刚刚被烫的手指，心一下子凉了半截儿。

厨房里隐隐流动着不太和谐的气息。

林森一嗓子把置身在自己世界里的两个人召唤回来。

“完事儿了没有，快饿死了。”

闻言，林佳一余光瞥了一下李昀沉着的侧脸，然后赶紧出了厨房。

本来是一个美好的早晨，突然之间就变了味。

李昀在林家父母回来之前就离开了，昨天喝得太多，脑仁依旧隐隐作痛。秋日里的阳光带着消减的暑气，一股暖洋洋的感觉。

他只身回到家，满床满桌子的纸张，电脑还是离开时的模样，他按了一下，屏幕亮了，是软件绘图的页面。

他坐在椅子上，透过落地窗的阳光照在他宽阔的后背上，就在他被晒得倦意袭来的时候，手机响了。

他以为是林森打来的慰问电话，闭着眼睛直接接了起来。

“喂。”

“你回来了？”电话那头的人询问道。

李昀的手指轻微颤抖了一下，熟悉的声音劈天盖地穿透他的回忆。

赵糖拉着林佳一去有家西点买蛋糕，其实是司马昭之心。早饭后，李昀离开林家，林佳一的心情就一直很低落，她想不明白，明明昨天他一副很想知道答案的样子，今天却又变成了毫不在意的模样，难道昨天晚上真的只是他喝醉之后说的一句胡话吗？

他倒是喝断片了，自己却在耿耿于怀。

“快走。”赵糖拉着她催促。

“不就是买块蛋糕嘛，我家楼下就有啊，非要跑这么老远。”林佳一耷拉着脑袋跟在赵糖身后。

“不一样。”她强调，“快走。”

林佳一撇嘴，在后面小声嘟囔：“有什么不一样的，不就是多一个男人嘛。”

“你又来了。”店员见到赵糖就乐呵呵的。这姑娘这个月天天来店里打卡，比上班还要积极。

“老样子就行。”她说着，眼睛往里面瞄了瞄。

店员把柜台里唯一一块草莓蛋糕夹出来装在袋子里封住，递给她。

赵糖慢慢悠悠地掏钱，然后就听见有整理推车的声音。只是一小会儿，陈禾就推着车从厨房里出来了，他身上还系着围裙，脸上还有面粉的痕迹。

“陈禾哥，今天有几家货要送？”店员随口问了一句。

“有两家，有一家是昨天订的，但是临时有事，就改到今天了。”陈禾卸下围裙，套上黑色的夹克外套，瞄到站在柜台前面的赵糖，只

是淡淡地瞥了一眼，又错开了目光，随后和店员说“我先走了”，便推着车离开了店。

赵糖顾不上付钱，连忙追了上去。这是她来有家西点打卡的第十五天，终于见到了自己想见到的人。

赵糖有想过要不要直接问，但是总觉得好像自警察局一别后，两人就再也没有可以联系的理由。

除了那件她舍不得还回去的外套。

“你的蛋糕。”店员提醒。

“我来吧。”林佳一掏出钱包，“多少钱？”

陈禾推着车在前面走着，赵糖追了两步才赶上。

“你还记得我吗？”赵糖指着自己喘着气问。

陈禾停下脚步，微微低头看了一眼赵糖，眯着眼想了几秒。他记忆力向来很好，基本是过目不忘，很快这张脸就和脑海中某块记忆重合了，是他半个月前在送货途中救下的那个人。

“记得。”陈禾淡淡地说。

赵糖听他说记得自己，心里一甜，抿着嘴笑说：“总算等到你了。”

“你有事？”陈禾问。

“啊？”赵糖脑子竟然在这一刻宕机了，不知道怎么回答。

她找他有事吗？其实压根儿就没有，可就是想找到他，然后看见他。

赵糖脑子转了一圈之后，才找到一个像样的理由，她低着头，慢吞吞地说：“上次谢谢你，我是特地……”

“不用了。”陈禾打断她，“你在警察局门口谢过了。”说完，他手上一提力，准备推车走。

见他走了几步，赵糖情急之下叫了他的名字：“陈禾。”

“什么事？”陈禾停住脚步，没回头。

“你有件外套在我那儿呢。”她说话的气势都没了，“你还记得吗？”

“给我吧。”陈禾想了想，转身对她说。

“那个……”她慌乱地朝空中指了指，“我今天忘带了，你看我什么时候给你送过来，你什么时候有空啊？”

陈禾的眼睛眯了起来，就像在探究她话的真伪一般，良久，他说：“随时都行。”

陈禾回过头，突然又想起什么，提醒道：“你明天直接来后厨找我就行，我会和店员打招呼的。”他平时除了送货基本不会离开后厨。

赵糖兴奋地点点头：“我明天就给你送。”

陈禾轻叹口气，然后推着车走了。

赵糖兴奋踩着雀跃的小步回到有家西点。

林佳一正坐在店里用叉子捣鼓蛋糕上面的大颗草莓，她不吃，可是手欠地在上面弄来弄去，草莓千疮百孔的身体不忍直视。

赵糖走过去拿过另一个叉子，叉起稀烂的草莓，干净利落地送进自己的嘴里。

“啧，我还没玩够呢。”林佳一不满道。

“拜托你给它留一个全尸，让它解脱吧。”赵糖嚼着东西，嘴角浮现若隐若现的笑意。

“怎么，勾搭到了？”林佳一的措辞能让人心一震，“我说你在这儿费什么劲呢，你要是真对陈禾有意思，不如直接让我哥给你俩牵个线，搞一次联谊，多痛快。”

“你小点儿声。”赵糖瞄到店员看着她们来笑呵呵的，她放低声音，“被人听见多不好。”

“嘁！”林佳一不屑。

两人离开有家西点的时候，已是下午。

赵糖推辞了林佳一的吃饭邀请，说下午要和父亲去逛超市，赵父难得出一次家门。

赵父精神上没有任何疾病，可是自打赵母撒手人寰之后，就特别不爱出门，一个人在小屋子里能待一整天，每天对着赵母的照片，擦了又擦。

这的确不是疾病，而是心病。

爱人逝世，心从此也就关闭了，别人走不进去，自己也走不出来。

5

傍晚的气温逐渐降低，挂在西边的半个太阳，在这个世界喧嚣最后一丝光明。

李昀站在路边正抽着第三根烟，风吹在身上有点凉飕飕的，他把烟扔在地上踩灭后，又抖了抖自己的外套，然后进了小区。

这是榕城最老的一批小区，灰色的墙皮在岁月的洗刷下已经残破不堪，单元门口有几只流浪狗在寻觅食物，不经意间能闻到空气中带着发馊的味道。

李昀停住脚步左右打量了一下四周，和六年前他离开的时候一样，几乎没怎么变。这是他小时候上学的必经之路，小区里有很多大婶端着小板凳坐在门口洗菜，水顺着泥土渗入大地，如此反复。

李昀轻叹，熟门熟路地摸到了家门口，楼道里光线很暗，也没有声控灯。

门已经换了，是深棕色的防盗门，和以前普通的黑色铁门比，显得更加厚重。

他站在门口，却没有按下门铃，心中百般滋味。

昨天，他久违地接到父亲打来的电话，一番简单的寒暄过后，父亲对他说：“抽空回家看看吧。”

他本来想拒绝，没想到话到嘴边，他又听到父亲对他说：“孩子，爸想你了。”

李昀低下头，最终没说出拒绝的话。

他其实不是不知道父亲这两年的情况，两年前在异乡，他碰见迁居的老邻居，那个小区的工程是他来做的，因此便和邻居打了个照面。

听老邻居说，他父亲生过一场大病，在和母亲离婚后的这几年虽然再婚了，却一直没有孩子。

李昀心如明镜，父亲这突如其来的关爱和想念，不过是填充目前膝下无子的空虚罢了。他这个旧人的儿子，以前就不值得父亲付出，以后又何必来关心。

不过他还是心软了，毕竟那是他父亲。

门开了，李昀看见一张女人的脸，和他记忆里的那张脸一样精致，不过仔细看还是能看见有细细的纹路。

“怎么不敲门？”女人问。

“刚来。”李昀说。

“你爸等着你呢。”女人打开门，侧身让李昀进来。

李昀侧眼看了一眼女人，然后进了屋子。

李章正坐在阳台的竹椅上吹风，窗户打开一道缝，有清爽的空气吹进来，特别舒服。

李昀眼神轻微转动，若有所思。

这个阳台本来是一块露天的区域，因为当年母亲想要一个可以种花养鸟的区域，所以就自己建了一个阳台，窗户和墙都是重新搭的。

房间还是老样子，基本没什么变化，只是立在墙角的两个木箱子上面放着很多药瓶子。

李昀不禁皱眉，心中有疑惑一闪而过。

“回来了。”李章粗哑的嗓音让人听着心里发紧。

李昀就站在两步开外的地方，有微弱的光芒照在李章的身上，头发斑白的痕迹变得更加明显。

李昀从来不是一个感性的人，而且做事一向干净果断，就连对待亲人也不例外。

可是最近心里总是有一个很柔软的地方，无意之间被人触碰，又酸又痒。

李章说的是“你回来了”而不是“你来了”，这个“回”字里，表面上是无足轻重，实际上包含了多年的种种心酸。

那里有怨恨，有疏远，有绝望，有不舍。

“快坐。”李章说。

李昀坐在李章的对面，恍如隔年，面对自己的亲人，他竟然一句话也说不出来。

“最近工作忙吗？”李章主动问。

“忙。”李昀答。

李章苦笑：“就那么不想和我说话吗？”

李昀抿了下嘴，刚想说话，便被端着两个茶杯的女人打断了：“先喝点儿水。”

李章问：“这是你兰阿姨，还记得吗？”

李昀瞅了一眼兰芳，然后垂下眼睛。怎么可能会不认识，那个从小就见过的女人，被父亲一而再再而三地带回家。

那几年对于十几岁的李昀来说，就是一场永无止境的噩梦。

他越是挣扎就越是痛苦。

“记得。”

李昀声音很冷，明显是不想再继续说下去。他是一个成熟的男人，他可以对很多事情都泰然处之，对很多人左右逢源，唯独曾经的噩梦，只会躲避。

更可悲的是，他根本不知道怎么称呼面前的女人。

叫阿姨，他根本不想；叫母亲，那是对稚子之心的背叛。

“你身体怎么样？”李昀没有接过杯子，淡淡地问。

“好多了。”李章说，“现在可以下床走路了，患病后就是懒，我精神一直不太好。”

脑血栓这种病是黏缠的鬼。

“交女朋友了吗？”李章突然问。

李昀想要伸向兜里香烟的手顿了一下，然后淡淡地说：“还没有。”

Chapter 05 因为你，我找到了方向

1

李昀离开的时候已是晚上了。

他抬眼看了一下还亮着的屋子，然后踱步离开。

他今天没着急回家，难得慢悠悠地在马路上溜达，路灯昏暗的光被踩在脚下。他的手碰到衣兜里的手机，突然想到刚刚被李章问到女朋友的事情，他竟然不由自主地想到那张有青春朝气的脸。

他心里就像被无形种了一株迎着朝露的小草，被春风和细雨浇灌

后，开始冒芽。

他也是第一次正经考虑自己的感情问题。小时候特别皮，对感情启蒙也比较晚；后来上了大学，好不容易对女生上了心，没想到对方竟是朋友的青梅竹马；工作后他也没往这方面想，于是感情这一回事就变成了他生活里可有可无的事情。

但是，最近的确不一样了。

因为林佳一的突然闯入。机场的相遇其实并不是他第一次看见这个姑娘，他以前无意中翻看过林森的钱包，这个“妹控”把林佳一的照片放在了钱包里，他当时看的时候第一印象就是这个女生很清纯，眼神里还带着点儿倔强。

回忆戛然而止，风钻进脖领子里，李昀打了个寒噤，然后伸手拦了辆车。

林佳一最近开始在找工作了，她思前想后，还是不想去考研。她虽然承受压力的能力不大，可是心思还算成熟，考研是更深层次的一种学习，如今也成了很多年轻人逃避现实工作的一种渠道。

她在网上搜索着信息。

三百六十行，总有一个行业是适合自己的。她抱着这种心态给自己打气，却在刷微博看见一个网络词语时，积极性一下子全没了。

“职场丧尸”的含义是：对职场生活从来没有过热爱，工作仅仅是为了生存而已，没有喜欢过某一行，三百六十行，行行待不下去。

这到底是什么？林佳一既是愤怒又是气馁，愤怒的是她的确就是这样，气馁的是她到底还能不能坚持下去。

她真的要啃老吗，还是说要听父亲的话去考研？但是，工作一事早晚是要面对的。

手机响起收到信息的提示音，是李昀发来的微信。

“在干吗？”他问。

林佳一手指在软键盘上反反复复地打字，然后再删掉，自上次略带尴尬的早饭后，两人一直没有联系。

她好不容易编辑好几个字准备发过去，李昀又来了条消息：“今天你有没有时间，一起吃个饭？”

林佳一咬着唇，心中像是有一万只小鹿在奔腾。

时间过去了几分钟，林佳一还在犹豫怎么回。

手机屏幕暗了，等它再次亮起的时候，林佳一心脏都突突了，是一条语音。

李昀笑说：“美女，赏个脸呗。”

两人约在了商业中心的美食街，那里有很多私房菜馆，榕城地处北方，饭店都是以家常小炒为主，热闹十足。

林佳一跟在李昀的后面，像个小媳妇。

“怎么突然想起来请我吃饭了？”林佳一坐在位置上，故意把目光错开，不去看李昀。

“最近老是麻烦你，帮我找房子，还有上次酒吧的事。”李昀漫不经心地说，把已经上桌的菜往她那边推了推。

林佳一紧张地咬了下唇，她张张嘴，欲言又止。她其实想说，酒吧的事根本不用感谢我，毕竟我还是要接林森回家的。

“最近在做什么？”李昀问。

“没什么。”林佳一拿起筷子，“在找工作。”

“找到了吗？”

“还没。”她不太想谈这个话题，每次都会觉得自己无能，每次带着这种心情的自己在面对李昀的时候就会更加自卑。

“如果你实在没有什么目标的话，可以从爱好下手。”李昀认真建议道。

林佳一咬着筷子，小心翼翼地问：“那你现在是为了兴趣吗？所以才放弃学医的。”

“不是兴趣，是妄想。”李昀思索了一会儿才回答。这是一个少年的妄想，希望他设计的房子住的都是幸福的家庭，而不是如他一般，孤身一人。

虽然，现在依然是妄想，只是变成了习惯。

“人总是要在现实里多打几个滚，疼完了之后才知道自己该走哪条路。”李昀垂下眼眸，眼底尽是沧桑，“你其实不用想太多。”

“嗯。”林佳一笑。

被他这么安慰着，她本来阴郁的心情一下子明媚起来，甚至感觉自己嘴里正嚼着的炸里脊也比往常吃到的更加香脆。

“我一会儿带你去个地方。”李昀主动说道。

“去哪儿啊？”林佳一睁大眼睛，心里特别好奇。

“秘密。”李昀勾着嘴角说。

林佳一塞了一口饭，腮帮子瞬间鼓起来了，心想，李昀原来还是这么有套路的人。

看着她的样子，李昀笑得更开了，有一瞬间想伸手去摸摸她。

2

赵糖不停地看手表，她第一次觉得时间过得这么慢，每一秒都特别难熬。

她瞄了一下自己桌子上的纸袋子，里面装的是陈禾的外套，她今天和陈禾约好了要去店里送衣服。

下班的铃声响了，赵糖拎着袋子就准备去打卡，却被曹珂拦在了门口。

“下班要不要一起去做个采访？”自上次之后，两个人的关系变得近了些，赵糖被暂时限制了出外勤的机会，曹珂会陪她在下班之后一起去调查走访。不过这一次，曹珂跟她几乎是形影不离，生怕她会再出事。

“不了。”赵糖准备错身离开。

“哎，你这急急忙忙是要去哪儿啊？”曹珂拽住她的手腕。

“我今天真有事，改天吧。”赵糖扒开他的手，急忙走进了电梯。

曹珂站在原地，看着赵糖离开的背影，眼里划过一丝落寞。

他应该没看错吧，赵糖拎的袋子里，装的是一件男款外套。

她有男朋友了？

北方的天越来越冷，风也越来越大，路边光秃秃的树枝撞击出清脆的声音。

天色开始暗了，路灯逐渐亮了。

赵糖去有家西点的路上，脚步很急，心跳就像应景一样，她清楚地感受到胸膛里颤动的感觉，很强烈。

“你来啦。”店员见她来了很熟悉地打招呼。

“他在吗？”赵糖喘着气问。

店员心领神会地指了指后厨的方向。

赵糖笑着点了点头:“你帮我打包一份,老样子,我走的时候带走。”

“今天没有草莓蛋糕了。”店员说。

“啊？”赵糖探头看了看展示柜，平常放草莓蛋糕的区域放上了其他款式的蛋糕。

“今天陈禾哥没做。”店员小声说。

“哦。”赵糖突然有点失望，看了一眼后厨的方向，然后说，“我进去了。”

店员点点头。

后厨的设置很简单，赵糖一直以为做西点的厨房会比普通的厨房要复杂些，除了烤箱，只有一张很大的桌子，陈禾背对着她正在揉面。他系着围裙，黑色的裤脚沾染了白色的面粉。

赵糖被淡淡的音乐吸引了耳目，她循声找去，看见靠墙有一张小桌子上面放着一台录音机。赵糖很是诧异，这个年代还会用录音机的人几乎没有了。

音乐的声音极小，即使身在厨房也听不清歌词。男人用力揉面的动作很认真，她看得发愣，竟然不愿出声破坏这景象。

“陈禾。”她叫他。

男人停下手里的动作，回神看她。

赵糖对上他的眼睛，说话有点不利索：“我……”她抬起手里的袋子，“我……是给你送衣服的，就是……昨天和你约好的。”

“我知道。”陈禾声音淡淡的。

气氛有点尴尬，赵糖也不知道再说点儿什么话题，她站在门口，进退不得。

“坐吧。”陈禾客气地说，指了指小桌子旁的塑料凳子。

赵糖把衣服放在录音机的旁边，这时磁带已经跳了。

“需要帮你重新弄一下吗？”赵糖试探着问。

“谢谢。”陈禾说。

赵糖把弹出来的磁带调转方向重新放在读带的位置上，重新按进去，淡淡的音乐从音响里面流淌出来，这次她离得近，隐约听清了歌词。

“你平常工作的时候喜欢听歌吗？”赵糖看着男人的背影问，“你平常都喜欢听什么歌？”

“我不喜欢。”陈禾说。

“那你这个是……”她指着录音机问。

“只有这一首。”陈禾说得很简单，显然是不想继续这个话题。

陈禾拉开食品储存柜，里面有两块蛋糕，是保存在里面的草莓蛋糕，显然是刚做出来的。

赵糖纳闷，不是说不做了吗，那这是什么？

还是说他特意做给自己吃的？

“我还要送货。”陈禾见赵糖并没有马上离开的意思，于是下了逐客令。

赵糖看着蛋糕问：“下次能不能多做几块，我很喜欢吃你做的草莓蛋糕，刚才店员说你今天没做的。”

陈禾没回答，默默地看着她。

赵糖对着他笑了笑。

陈禾只是轻轻地发出一个“好”字的气音便不再说话。

音乐依然流淌，阳光中的灰尘在独舞。赵糖看着男人默默打包的侧影，淡淡笑开了。

李昀带林佳一来到一个荒废的建筑工地，地面不平，打了很深的地基，现在还没有开工，周围很是荒凉，街道的另一边是一大片人工池塘，不过没有水。

四周没有建筑遮挡，风肆无忌惮地吹在身上，力量很大，林佳一总觉得自己快被风拍在地上了。

“怎么想到带我来这儿了？”林佳一用力号叫，声音被风声掩盖住了一半。

“带你了解一下我的过去。”李昀凑在她耳边说，姿势有点暧昧，但在狂风里，也许只有这么说话才能够不费力气。

林佳一怀着忐忑又激动的心情继续听李昀说，这是她最好奇的部分，从前接二连三地从林森那儿知道李昀之后，她就对他的全部都很好奇。

人对感情的触觉是很奇怪又敏感的。

“我当初放弃学医，去当兵，其实也是为了逃避一些事情。”李昀淡淡地开口，“后来我发现，有些东西根本是逃不掉的。”

他远走他乡，花了四年的时间，有些东西释然了，有些东西却无法抛弃。

“你看到这片地方了吗？”李昀目光悠长，继续说，“虽然它现在一片荒芜，在一年后，也可能半年后，这地方会有高楼大厦，会有万家灯火，但是……”

“但是什么？”她眼睛紧锁着李昀，生怕错过他一丝一毫的变化。

“但是住在里面的家庭不一定是圆满的，可我还是要去做，不是吗？”

是啊，世界是改变不了的，可是我们要确定好目标，然后去改变自己。

3

黑色的夜幕笼罩着整个大地，林佳一没有吃晚饭，一个人独坐在床上，使劲聚焦去看窗外的星星。

林森来敲她的房门。

“有心事？”林森拉过椅子坐在她对面。

“哥，你心情好点儿了吗？”她反问。她虽然嘴上不说，可是心里一直惦记着，她和林森小吵小闹了这么多年，可是真有事了，陪在身边的一定是对方。

“我的事你就不用操心了。”林森垂头去看她耷拉的脑袋，哄劝，“工作不好找就不找了，大不了哥养你。”

“那你未来老婆会吃醋的。”林佳一小声说。

“现在是妹妹最大。”他大言不惭地给承诺。

“到时候你可别打脸。”林佳一抬眼瞅他。

林森被噎得说不出话。

“哥，我要是只想做自己喜欢的事情，你会支持我吗？”林佳一眨巴着眼睛。

“会呀，只要是你自己想做的。”林森说。

“我今天突然想通了一件事情。”她抬头看着外面，眼神里有了一种前所未有的坚定。

林森摸摸她的头：“想通就好。”

林佳一找出自己压箱底的东西，这些都是她当年在课堂上写的故事。初中时她喜欢看课外读物，于是有了写故事的想法，最开始只是练手，后来就在各个平台上投稿。就这样坚持了两年一直没有收获，最后放弃了，然后随波逐流。

很多时候，即使是个人兴趣人们也很难在长此以往的岁月河流中坚持自己。

她曾经以为自己彻底放弃了，直到今天李昀和她说了这番话，就像黑暗中突然亮起的明灯，混沌的脑子一下子明朗许多。

她打开尘封多年的箱子，就如打开自己蒙尘的梦想。

4

接下来一连几天林佳一都处于闭关状态，林森看她很辛苦，于是打算带她出去轻松一下。

这个时候林森接到了李昀的电话，于是两人行变成了三人行。

“最近忙啥呢？”林森剥开花生，往嘴里扔了一个。

“跟项目。”李昀回答，眼睛看了一下坐在身边的林佳一，后者不自然地动了动。

“你那项目不是明年春天动工吗？”林森吹了吹自己手指上沾着的花生皮。

李昀瞟了林森一眼，不客气地揶揄他：“你上手术台之前，难道不需要研究一下病人的病历吗？”

林森不干了：“我说你这人……”他挥挥手，“我不和你争，我去厕所。”

李昀笑了，眼神又再次瞟到林佳一的身上。

林佳一对上他的眼神，不由自主地有点紧张。上次和李昀见过面后，她每次写稿子填简历的时候都能想到他，就跟扎根了一样。

手机在裤兜里振动，林佳一长吁一口气，总算找到了理由。

她向李昀晃晃手机示意一下，看到李昀点头后，她接了电话：“糖糖。”

赵糖在电话那边十分激动，最近她的追爱记有了新的进展，隔三岔五就会去有家西点。陈禾在工作的时候，她就在旁边陪着，每次走的时候都会带走一块草莓蛋糕。

“开心了吧？”林佳一问，“那你什么时候才能和陈禾确定关系啊？”

李昀拿杯子的手顿了一下。

林佳一絮絮叨叨地和电话那边的人斗了几句嘴，然后挂了电话。

李昀放下水杯，紧紧抿了一下唇，他多怕自己只是听错了，而不是真的。他离开学校去部队之后，就和那个人再也没见过面。

他抬眼，淡淡地问：“你刚才说陈禾？”

林佳一眨眨眼：“你不知道吗？就是你和哥的朋友啊，当初一起在榕大的朋友，你回来这么久还没和他见过面吗？”

李昀目光垂下，果然是他。

“我当然知道。”李昀恢复神色，笑说，“已经见过了。”

“哥说他现在帮父母在经营店铺，就是西街的那家西点店。”林佳一自顾自地叨咕，“明明是高才生，怎么会变成这样呢？”

李昀神色黯然了几分。

李昀坐在落地窗前的办公桌边，咖啡已经是第三杯了。深夜的榕城很寂静，虽有川流不息的车流，也有灯红酒绿的喧嚣，但是依然会带给人平和。

他和陈禾多久没见了？

有四年了吧，他还记得当初他当兵的名额下来的那天，陈禾找自己谈话。

“你没有必要这么做。”陈禾说。

“你真的觉得没有必要吗？”李昀淡淡地问，“如果有一天我真的控制不住自己的感情，要和你抢呢？”

“我知道你不是这样的人，而且赵婷和我的感情也不会受到影响。”陈禾看着他。

“是吗？”李昀玩味地笑，“你怎么确定她心里没有一点喜欢我呢，她心里在想什么，你全都知道吗？”

“我相信她，也相信你。”陈禾发现自己说话的尾音在颤抖。

也许事情的发展的确有些狗血，他的朋友喜欢上了他青梅竹马的恋人，可是即使他努力地去说服自己这一切都不是真的，努力地劝说自己不会发生任何事情，可是未来的事总是那么难以揣测，他相信自己和赵婷的感情，就怕命不信。

两人很久都没有说话，榕大校园池塘的荷花已经开了，晨露停在硕大的绿叶上，良久过后，李昀抽完了一根烟。

他声音很淡，如一缕缓缓升起的袅袅炊烟：“我不相信我自己。”

李昀睁开眼睛，看了一眼桌子上的手机，然后披上外套，离开了家。

他打了一辆出租车，报了地址，路过一家便利店的时候还让师傅临时停一下，去超市买了很多啤酒。

有家西点只会营业到晚上七点，但是此时店铺的门是开着的，屋子里面有浅淡的灯光，李昀站在马路的对面，一直望着。

几分钟后，李昀看见店铺里有一个熟悉的身影正解下围裙，然后换上外套，在整理一下琐碎的事情之后，走出门店，伸长手臂去拉上面的铁门把手，用力落下，哗啦啦的声音刺激着耳膜。

李昀就在这阵刺耳的声音中，跨过马路，走向对面。

陈禾弯下身子锁好了门，一边把钥匙揣在兜里，一边转身。他目光停留在李昀的身上，像被人点了穴道一样，一动不动。

时光流逝，他们都变得不一样。

李昀笑说：“好久不见了。”

陈禾掩着激动的心情，愣怔了好久，眼睛里才慢慢流出久违的笑意，他张开嘴：“别来无恙。”然后艰难地喊出许久没叫的名字，“李昀。”

李昀抬起手里的啤酒，笑着问：“有没有时间喝一杯？”

5

两个人躲在有家西点的厨房里，开着微弱的灯，坐在地上，靠着墙，撞杯对饮，易拉罐碰撞出清脆的声音。

回忆往昔，他们曾经一次又一次，躲避宿管的检查，把啤酒藏在床下，然后大半夜偷偷喝酒。林森酒量差，酒品也不好，常常都是两个人联手把他先灌趴下，最好是不省人事。

“上一次这么一起喝酒是什么时候了？”李昀靠着墙，侧脸看着陈禾，“我都记不清了。”

酒精开始影响大脑，他说完竟然呵呵笑了起来。

“是你离开学校的前一天。”陈禾食指抠着易拉罐上面的拉环，神态黯然，“是我把你逼走的。”

当年陈禾发现李昀喜欢赵婷的事情后，最开始的确接受不了。后来他虽然克制，但始终过不了心里那一关，导致两人的关系有些僵硬。赵婷是一个傻姑娘，根本不知道这两个男人之间暗中在较劲。

“她……”陈禾说不出口。

“我知道。”李昀打断他。

李昀离开学校的第二年，陈禾成功考上研究生。就在他还要继续深造的时候，赵婷被诊断出白血病，这病来得突然，几乎是让人措手不及，赵婷重病期间，陈禾荒废了学业。坚持了半年后，最后她还是没有等到可以重生的骨髓。

赵婷去世的消息，还是林森告诉李昀的，当时他处在部队考核的重要关头，那天的训练，他一反常态，休息的时候躲在换衣室里，哭了。

那是他第一个喜欢的女孩子，安静乖巧，大家聚会的时候，她就坐在旁边默默地帮陈禾剥橘子，会贴心地把橘子分好瓣，然后把上面的白丝都处理得干干净净，体贴又温柔。

李昀常常会想，其实他喜欢上的也许不是赵婷，而是赵婷待人的那份温暖。

那正是他最渴望的东西。

“当时没有找她的家人吗？”李昀皱着眉头问。

“找了。”陈禾目光如死灰，两个字说得沉重又心痛，几乎是咬牙切齿说出来的。

怎么可能不找？

骨髓配型成功最大的可能就是有亲缘关系的家属，不然大海捞针，就算真的有志愿者出现，可是等待被救治的人也熬不过这漫长的时间。

何况赵婷身体一直不好，根本经不起病魔的摧残。

陈禾长久地默不作声，几乎让李昀猜到了答案，他冷笑一声，说出了残忍的事实："没人管对吧？"

骨髓虽是可以再生长，可是做手术就会对身体造成影响，他们上学的时候曾经接触过几个案例，志愿者出现了，临上阵前却退缩反悔。原因两种，一是自己主动退缩了，二是受到了家人的反对。

赵婷从小亲缘淡薄，家里人口多，努力考上大学，离开村子后就几乎脱离了家庭，就连上大学的钱也是靠贷款、打工、奖学金凑齐的，如今患上一种犹如无底洞的病，那个家不会为不太重要的孩子付出什么。

都说人情淡薄，其实也是世事造就了这种人情冷暖世态炎凉的境地。

"我认识她的那天，我就知道她和别人不一样。"陈禾悠悠说道，"她永远都是微笑着对着别人，总是能做到别人都不敢想的事情。"

陈禾也是从农村出来的孩子，不同的是他父母争气，在外面的天地打拼出一寸之地，可以离开没落的村庄。

"我第一次见到她的时候是在初中，当时我家还没有从村子里搬出来，我忘记带橡皮，她把自己的橡皮掰成两半，分了一半给我用。"回忆就像止不住流淌的河，穿越尘埃万里，再次被提起，"后来我父母把我接走，我和她约定好要考同一所大学，我以为她当时根本没放在心上的，没想到她竟然真的考上了。你知道在那种地方上学，升学率有多低吗？可是她做到了。"

当年赵婷不顾家人的反对，参加高考，外出勤工俭学，就是为了兑现和陈禾的约定，有朝一日能够再相见。

有时候，人的坚强，不需要太多的东西支撑，只需要一个重要的人给予的一句承诺，便可以赴汤蹈火，即使最后的代价是粉身碎骨，也无所畏惧。

陈禾酒劲上来了，整个人昏昏沉沉："她就是这种温柔安静的女生，却可以一声不响做很多让人意想不到的事情。"

李昀安静地做一个倾听者，他知道陈禾忍耐太久了，那张假面终于再也承受不住眼泪的重量，卸了下来。

李昀听着陈禾隐忍的哭泣声，极力忍住自己眼睛里的酸涩。

午夜已过。

周围安静得不像话，淡薄的月光透过排气的小窗钻进来，落在他们的肩膀上。

陈禾把头靠在李昀的肩上，终于爆发了隐忍多年的悲伤。

6

李昀酸涩地睁开自己的眼睛，屋内光线很暗，只有一个透风的小窗户，有细小的光线透进来。

他感觉到肩膀沉重又酸痛，屋子里有淡淡的酒味，他侧过头看过去，陈禾倒在他肩上睡着了。

他坐在那儿没动，醒醒神。突然间他笑了，真是没出息啊，两个大老爷们儿竟然躲在这么小的地方买醉，而且还哭得这么狼狈。

陈禾也醒了，慢慢地动了动自己的脖子。

"醒了？"李昀的声音很哑。

“我们昨天……”陈禾看着满地的绿色易拉罐，后知后觉地意识到，昨晚真是这几年最崩溃的一次了，比当年亲自送走赵婷的时候还要失态。

李昀瞅着他笑了笑，这问题问得有歧义啊。

“睡了。”李昀笑道。

陈禾回过味儿来，瞥了李昀一眼。

“你别这么瞅我啊，我没说错啊，昨晚本来就是咱俩靠着睡了一觉啊。”他从兜里摸了根烟，自顾自抽起来。

“打扫一下吧，一会儿不是还要开工。”李昀夹着烟的手晃晃悠悠地指了指地上。

“没事。”陈禾扶额揉了揉，“一会儿有打扫的阿姨过来的。”

李昀瞄到桌子上的录音机，随口说道：“这个还留着呢？”

陈禾抬眼看去，回道：“舍不得。”

舍不得忘记关于她的过去，舍不得她。

录音机还是当年赵婷送的，磁带也是她挑的，这么多年了，她什么也没留下，只剩这一个念想了。

李昀不想再提起这个沉重的话题，四处打量一下，转了话锋：“你怎么跑到这儿来开店了？”

“这店其实是我父母的，我小时候就有了，只不过我不喜甜点面食，一直也没上心照看过，现在也是无事可做，还不如给父母帮帮忙。”陈禾依旧坐在墙角，声音又重又沉。

“行了，差不多了，我走了。”李昀整理一下自己凌乱的衣服。

“我送你。”陈禾起身。

“不用了。”李昀嗤笑，“我又不是傻子，还能找到道。”

两人在厨房的水龙头下简单洗了脸，简单收拾一下，李昀准备离开有家西点。

陈禾送他到街口。

等车的时候，陈禾主动问起：“你现在在做什么？”

李昀看了一眼手表，没正形地说：“在工地搬砖呢，喏，今天是来不及了，旷一天工。”

“你上班怎么还跑来找我喝酒？”陈禾说，“你还是和以前一样任性。”

“陈大少爷，不是每个人都跟你一样，严于律己。”李昀笑道，“少上一天班怎么了，老子又不是不干活。”

陈禾懒得废话了。

李昀伸手拦下一辆出租车，上车前，他顿了一下，收起那副玩笑的嘴脸，认真地看着陈禾。

“你还会回去吗？”

陈禾愣了一下，知道这个“回去”是什么意思。

他离开医大，不是一时冲动，他内心深处总有一个声音在不断叫嚣他其实并不适合这份职业，赵婷的死让他不能释怀，他也没有勇气去面对其他人的生死。

“不会了。”他说。

李昀微微点点头，转身上了车。

出租车远去。

陈禾抬头看天，他很久没有这样直视过明亮的天空了，他的世界只有那个灰暗的小厨房，抬头不见天日。

光线刺得他眯起了眼睛，他再次思索刚刚李昀说的话。

你还会回去吗？

回到起点，回到自以为的完美希冀。

答案是否定。

他再也没有勇气，拿起手术刀了。

“你说陈禾今天为什么不在店里呢？”赵糖叽叽歪歪，“是生病了吗，还是我去的时候他出去送货了？不应该啊，我每次去的时候他都在的，为啥只有今天不在呢？店员小姐姐说他平常除了厨房，哪儿也不去的。”

赵糖扳着林佳一的肩膀，对上她的眼睛：“你说到底为什么啊？”

林佳一堵着耳朵：“我说，你能消停点儿吗？”

赵糖充耳不闻：“我今天去的时候……”

“行了，行了。”林佳一彻底受不了了，这货回来就开始碎碎念没看见陈禾的事情，不就是少见他一天吗，至于吗？

她都好几天没看见李昀了。

“你怎么了？”赵糖看见她爹毛的样子，惊讶道。

“我怎么了？”林佳一指了指自己，又指了指她，“是你怎么了才对吧，你就不能让人家有点私事吗，也许他今天拉肚子，或者可能去和朋友吃个饭。你这么大惊小怪的干吗啊，再说，你现在还不是他女朋友。”

赵糖自知理亏，撇撇嘴：“早晚会是的。”

林佳一不想理她。

两人凑在一起同吃一袋妙脆角，林佳一手在鼠标和键盘上忙着，赵糖很是配合把插在自己手指上的妙脆角往林佳一嘴边送，后者也是很配合地张开嘴。

“你干啥呢？”赵糖低下头。

“在做笔试题。”林佳一眼睛也不抬地说。

“什么题？”赵糖凑得更近，“我看看。”

她认真看了一会儿，惊讶道：“你这是准备去文化公司就职啊，还是做小说的。”她用那只刚摸完零食油腻腻的手去拍林佳一的衣服，激动地说，“哎，我记得你以前就喜欢写这样的青春校园小说，这是打算重操旧业了？”

“嗯。”林佳一轻声应答，李昀的脸突然钻进了脑子里。

她有点想他了。

手机亮了，林佳一以为是垃圾短信，她专心做题，也没去看。赵糖好奇地瞅了瞅，然后慢悠悠地说了两个字：

“李昀。”

林佳一快速拿起手机，是李昀发的一条微信，他问她有没有时间。

她扭捏着打了个“有”字发了过去。

等待总是让人忐忑和焦急，林佳一盯着手机屏幕，等待对话框弹出消息。

可是过去了好几分钟，手机也没有动静，她本来燃烧灼热的心瞬间冷下去一半。她把心思重新放在试题上。

“哎呀。”赵糖在一旁幸灾乐祸地捂着嘴笑，然后安慰性地拍拍她肩膀。

林佳一耸肩：“把你的脏手拿开。”

赵糖挑眉：“行，我不碰你，我去看看林阿姨的菜做得怎么样了。”她说着，走出了卧室。

林佳一情不自禁又瞥了一下自己的手机，依然是毫无动静，她的心彻底凉了。

也许，他只是发错了吧。

她这样安慰自己。

Chapter 06 照进生命里的光

1

一个星期后，林佳一收到了笔试通过的消息，对方和她约了一个时间面试。林佳一把自己参加校招时准备的衣服从衣柜翻了出来。她好久没有去公司面试了，竟然有种陌生的恐惧感。

她坐在床上，面对一堆衣服叹息。

有轻轻的敲门声响起。

“紧张啊？”林森走进卧室，笑道。

“嗯，紧张。”林佳一把脑袋扎进林森的胸膛，就像小时候撒娇和哥哥要糖吃一样的乖巧模样。

林森摸着她的发，轻轻拍着她的肩膀：“有什么好紧张的，就平常心。”

“哥，你那么喜欢学医，当年去面试的时候，也是这种心情吗？”林佳一问道。

只有对自己看重的东西，才会有这种患得患失的感觉，这种情感适用所有，甚至是爱情。

因为越珍惜，就越害怕失去。

林森叹口气：“我当时去面试的时候，外科室的面试官是我现在的主任，特别严肃，我都不敢看他的眼睛，回答问题的时候都是低着头的。”

林佳一问道：“那后来呢？”

“后来，我就不看他的眼睛，很自信地说出我的想法啊。”林森嘴唇绷紧，现在每每想到当初怀着单纯志愿的自己是那样美好，如今却是身不由己，还在泥潭的边缘徘徊。自从他拒绝了双方的好意邀请后，在外科室虽然算不上是腹背受敌，但日子的确不是很好过。前几天明明有一台他要跟进的手术，却临时被换成了主任身边亲近的副手。

他抽了一下鼻子，强行忍住了酸意，小声说：“佳一，我希望你不会成为第二个我。”

“哥，你说什么？”林佳一想抬头，被林森按了回去。

“我说，明天你一定没问题的。”

“嗯。”

第二天一大早林佳一就起床收拾，换了一套得体干净的休闲外套，里面搭配了一件白色的棉质衬衫，下身配了一条黑色紧身裤。她本来就瘦，身高更是出类拔萃，为了让自己显得精神面貌好一些，特意扎了一个干净清爽大马尾，简单上了一个粉淡的妆容。

她对着镜子笑了笑，然后拿着简历出了门。

秋高气爽的天气，走在街边的路上，拂过来的风都是舒服的。

林佳一提前半个小时到了面试的公司，文化公司的装修很讲究，书柜上摆满了书籍，门口的架子上有绿色的盆栽，阳光穿透叶子。

她坐在大厅的沙发等待。

人事通知她进去，她攥着简历的手抖了抖，骨节异常凸起。

这是一场比想象中还要顺利的面试，只不过最后当面试官问她为何要选择这份职业的时候，她犹豫了片刻后，说出了自己内心真正的想法。

她想为热爱活一次。

走出公司的时候，她总算呼出口气。她第一反应是拿出手机看看，为了不影响发挥，进公司之前她就把手机给关机了。

屏幕亮了，有一个未接来电和一条微信消息，都是李昀的，他说让她放宽心去面对就行。

她主动把电话拨了回去。

电话只是响了两声，就接通了。

“喂。”

李昀那边声音有点杂乱，好像有人在讨论什么。林佳一紧张得说不出话来，捏着手机的手指开始浮现薄汗。

“林佳一。”李昀喊她。

“我面试完了。”她脱口而出。

“怎么样？”他问。

“还行，不过要过两天才有面试结果。”林佳一微不可察地呼出一小口气，小心翼翼地问一句，“你今天忙吗？”

“今天有个新项目需要讨论一下。”李昀瞥了一眼正在咋咋呼呼讨论图纸的人。

林佳一垂着眼，有点失望。

“不过，你要是约我就有时间了。”李昀又说。

林佳一惊讶地张开嘴，不知道怎么回答。

两人感受着听筒里传出的对方的呼吸声，有树叶随风沙沙作响。

良久，李昀带着笑意问：“你要约我吗？”

林佳一恍神片刻后，后知后觉地说了一个字：“约。”

李昀翘着嘴角挂了电话，一旁的同事玩笑般地打听道:“女朋友？”

“不是。”李昀说。

同事狐疑地看着他。

李昀下意识地翻着自己手上的资料，然后听到其中一个设计师在说相关材料是否能够进行等价更换的事情。

这个会开得有些漫长，李昀中途看了三次手表，他怕林佳一等的时间太长了，直到最后领导说散会的时候，李昀才疾步走出会议室。

“看你这紧张的样子，还敢说不是女朋友。”同事在李昀收拾自己桌子上的材料的时候用力撞了一下他的胳膊。

“你有完没完。”李昀皱眉。

“下回带来给我们瞧瞧吧，是什么样的妹子，把你给拿下了。”同事贼兮兮地说。

李昀来设计院的时间不长，但是为人大方洒脱，很多年长的同事也喜欢和这样的青年交朋友。朋友易交，知己难遇，现在这个社会，谁还指望在公司里能交到个真心朋友，不过是有闲话的时候就聚在一起聊聊，画图纸画累了能蹲在一起抽根烟罢了。

“下回再说吧。”李昀含糊地说。他不太想把自己的私事说得太多，何况，现在他和林佳一的关系还处于暧昧时期，不易轻举妄动打破这现象。

“我走了。”李昀拿起桌子上遗漏的打火机，嘱咐道，“明年动工的项目已经确定最后的图纸了，地产公司那边也已经做好了准备。我上次去工地看了，地基打得还挺稳的，记得把数据和设计图再过一遍，没什么问题就发过去吧。”

“行，我知道了，到时候会盯一遍的。”同事附和。

“辛苦了。”李昀拍拍他的肩膀，然后离开了办公室。

李昀站在街边拦车，司机就像有感应一样，他还没伸出手，就自觉地把车停在他的面前。他打开副驾驶的门，报了一个地名问师傅去不去。

师傅说他是来接人的。

“你是叫李昀吗？”师傅问。

“是。”

“有一个小姑娘在网上叫了车，让我这个时间到设计院的门口接你，我们走吧。”师傅给他解释。

李昀一头雾水地坐进了出租车里，车还没发动，他突然想明白这是怎么回事了，肯定是林佳一事先给他叫的车。

还真是体贴。他想。

“那小姑娘是你女朋友吧？”司机师傅操着一口浓重的南方口音，开始碎碎念，“小伙子，知足吧，找到一个好姑娘真的不容易哦。”

“您不是本地人？”李昀没搭腔反问。

“对呀，我老婆是北方的，我是跟她过来的。”司机师傅提起老婆，脸上的褶子都加深了。

“那小姑娘给我打电话的时候，她怕我接错人，一再强调你的样子，还有地址。”话题又绕了回来，司机师傅又强调道，“要对女朋友好点儿，以后可是要讨回来做老婆的。”

李昀笑说：“她不是我女朋友。”

司机师傅一腔高涨的热情全被浇灭了，只能干笑两声，道了歉，然后默不作声地继续开车。

李昀看着窗外的风景，嘴角再一次浮现了笑意，是那种从内心深处开始弥漫，泛着浓浓甜味的笑意。

他想，现在不是女朋友不要紧，以后是就行了。

2

李昀赶到的时候，林佳一正在前台点餐。她抬头望着悬挂在上方的菜单，伸在空中的手指不自觉地点来点去，也不知道到底是什么样的东西让她犯了难，无法选择。

李昀站在玻璃窗外看着她。

她今天的穿着和以往很不一样，外套是干练休闲的小西装，下身穿了一条黑裤子，一双腿又长又瘦。

她点好了餐，转身的时候看见了玻璃外面的李昀，先是愣了一下，然后满足地笑了，最后伸出自己的手挥了挥。

李昀向前走了几步，然后拉开玻璃门，走了进去。

林佳一点了一个双人份的套餐：两个汉堡、一份薯条、两杯可乐。

这个时间段人不算多，他们找了一个靠玻璃的位置，只要一侧头，就能把外面所有的事物收入眼底。

“我随便点的。”她把汉堡递给他，“不知道你喜不喜欢吃。”

李昀接过，想到刚刚点餐时她为难的样子，这句“随便点的”一点可信度也没有。

“怎么突然想吃这个了？”李昀拆开汉堡的包装，平常他吃饭很不规律，快餐几乎成了经常进口的食物，不过他却很少吃这类的，印象中，这是小女生喜欢吃的食物。

“我最近因为面试心情很压抑，需要这种垃圾食品来排解一下我的负面情绪。”林佳一吸了一口可乐，嗓子被辣得难受咳嗽了两下。

“换果汁吧。”李昀看她难受的样子忍不住皱起了眉。

“不。”她双手护住了胸前的可乐，像一个护食的小鸡仔，说话的

语气也带有一点挠人心肝的俏皮，挠得李昀心直痒痒。

“我又没说要抢。”李昀笑，“你那么紧张干什么？”

“我只有这时候才能放肆一下，就算是我哥，他也会摆出教育批评的脸和我说,这东西对牙齿不好。”林佳一故作夸张地学林森的样子。

林森是个医生，见惯了千奇百怪的病例，健康是他摆在心头第一位的东西，尤其是家人的健康。那些医院里的生离死别，林森见得太多了，所以他向来不许林佳一吃垃圾食品。

“你哥也是为你好。”李昀想了想又说，“不过在我这儿你可以放肆一下，我不告诉你哥。”

林佳一咀嚼鸡肉的动作停下了，她直愣愣盯着坐在对面的李昀，整个嘴都是鼓鼓囊囊的。

她目不转睛地打量着对面的人，头发干净整洁，最近应该是又剃了一次头，他低头的时候，她看见了发茬下面清晰的头皮。

“你看着我干什么？”李昀发现她直勾勾看着自己，笑着问。

“没事。”林佳一嘟囔着嘴。

“你最近很忙吗？”她看见他黑色的眼袋越发厚重。

“嗯。”他轻声应答，“明年开工的那个项目还要做最后一次数据的确认。”

“是上回你带我去看的那个？”林佳一好奇地问。

“嗯。”李昀吃掉手里最后一口汉堡，一边擦手一边说，“我出去抽根烟，一会儿送你回家。”

说完，他起身走了出去。

林佳一的眼睛一直跟着他，直到他身影消失在商场里。

快餐店里人来人往，一拨又一拨的人群进到店里，她吃完手里的东西转头去看店外，想看看李昀回没回来。李昀的身影很单薄，只穿了一件棕色的外套，在外面吹了会儿冷风后双肩都是缩着的，焦点越来越近，她无意看到映在玻璃上自己轮廓的倒影，模糊，但是眼睛在发光——看着李昀的眼睛。

她不禁想着，她好像越来越喜欢这个人了。

李昀送林佳一到了小区门口，进入十月份后，白昼越来越短，六点不到，华灯已初上。

林佳一在门口扭捏了半天，也没走，李昀看着她，忍不住问了句："怎么了？"

"没事。"就是不想走。

"进去吧。"李昀笑了笑。

"嗯。"嘴上答应着，脚却没动。

"你是不是有什么话想对我说？"李昀眯着眼低头看她。

"我……"她支支吾吾，最后用了一个特别笨的开头，出口后几乎想戳死自己，"我……你真的不会和我哥说吧。"

李昀反应一下，想起了刚才在快餐店里发生的事情。

"放心吧。"李昀笑出声音，"我不说。"

很简单的六个字，竟然让人意外舒服，林佳一透过朦胧的夜色看着男人的脸，依旧是俊俏的五官，依旧是干净的短发。

她往前走了两步，情不自禁地张开自己的双臂，然后环住了男人精瘦的腰身。

她心跳得很快，比往常任何一个时候都快。

她闭着眼，那句喜欢你的话几乎到了嘴边，可是张张嘴，最后又变成了毫不相关的话。

“谢谢你啊。”她说，“回去小心点儿。”

林佳一没给李昀开口说话的机会，也不敢去看他的表情，松开他之后转身跑进了小区里。她的心缩成了一团，她多怕这个时候李昀会追上来，然后问她，为什么会抱他？

林佳一跑进楼道，靠着冰凉的墙壁抚摸自己的胸口。那个地方有一颗乱跳的心，不断喧嚣，她想说喜欢他的，可是现在的她还是欠缺一点勇气。

楼道里面很暗，声控灯前几天坏掉了还没有修好，林佳一努力踮脚，透过楼层窗户往下看去。

李昀站在原地好一会儿，才转身离去，直到他的身影消失在夜色里，她才收回自己的目光。

人生的第一次心动，从这一刻，为了他开始。

3

进入隆冬时节，日子就过得特别快。眼看着就是年关，很多人的话题从聊衣服化妆品开始转变成过年回家要带什么东西，坐哪一趟火车回家。

林佳一听着同事们叽叽喳喳地聊天，默默看着电脑里的文件。这是上个月签约成功的作者发来的稿子，也是她入职以来交上去的五个选题中，唯一一篇过了的稿子，故事的大致内容就是一对青梅竹马共同成长的青涩爱情。

林佳一觉得这个故事过于青涩，作者的文风还算自然，需要再修改一下。她写了批注意见，然后发回作者的邮箱，静候佳音。

她做完一系列的工作后，从电脑中抬头。时间已经接近傍晚，长时间看电脑的原因，她的眼睛酸涩又模糊。她试图去看落地窗外，浅灰色的天空笼罩着高耸的建筑，仿佛下一秒驾云来的鬼怪就会把这个世界吞噬掉。

不知道李昀现在在做什么？她情不自禁地想，是在工地监工，还是在办公室画图纸，或者是在会议室里面讨论新项目？

“佳一，下班了，还不走？”有同事催她。

“哎，来了。”她随手拿起外套和包包，关了电脑，追上同事的脚步。

她来新公司已经快两个月了，眼看着就要过试用期了。两个月来，她没有像以前一样感受到工作巨大的压力，也不会因为完不成任务而担惊受怕，更不会有噩梦缠身。

也许真的是兴趣催动了她的热情，她不是没有过辛苦的时候，当她交上去的选题都被主编无情地毙掉之后，她情绪还是很低落，可是内心有一种蠢蠢欲动的欲望告诉她，这是她的梦想，她不能认输。

所以她就这样一路坚持下来，然后通过了这个青春题材的选题。

她甚至在这过程中感受到了自信和满足。

这是只有工作才能带给她的成就感。

“我们要不要去看电影？”同事小唐是个电影发烧友，全年十二个月，只要是在院线上映的电影，她都不会错过。

“好哇，好哇。”几个女生一起附和。做女性读物的文化公司本来就是女性居多，那些亘古不变的女性话题是打开交友大门最好的利器。

“我就不去了。”林佳一贴着电梯光滑的墙壁，套上外套。

“为啥啊？”有人问。

“我……”她张口，大衣里的手机响了。

是林森给她发的短信。

“帮哥一个忙，这几天外科室快炸了，我要通宵几天，我房间有两袋子东西，得了空帮哥送一趟呗。”

林佳一瞬间就知道要送给谁了。

她敲着手机软键盘，回了个“行”字。

“我今天真有事。”林佳一一边低头打字，一边还不忘和同事解释。

“男朋友？”小唐瞄了一眼她手机键盘，好奇地问。

“不是。”林佳一有点红了脸，是不是电梯里温度太高了？

“我哥，让我帮他办点儿事。”林佳一解释。

“你哥长得帅不？”这是来自单身女性的发问。

林佳一转动黑白分明的眼珠子，认真地想了想。说真心话，林森长得真心不错，一米八的修长身材，精致端正的五官，不过……

“问你话呢。”小唐晃了晃她胳膊。

“帅。”林佳一张嘴，差点咬到自己的舌头。

帅是真的帅，不过那欠揍的性格要有人能忍受才行。

“啥时候让我们见见啊？”

林佳一干笑两声：“有机会的哈，有机会的哈。”

下班高峰期，电梯停了好几次，总算到了一楼。

“我先走了。”林佳一挤出电梯。

一月份的温度已经是透骨寒冷，刮在身上的风是钻心的凉。

林佳一缩了缩脖子，然后只身往公交车站走去。

林母已经做好了饭，林父在客厅戴着老花镜看字帖。

“你哥今天估计不能回来了。”林母摆放碗筷，“快过年了，年前这段时间医院肯定忙得不可开交，你有时间去医院给你哥送两件换洗衣服过去。”

“嗯，我知道。”林佳一答应着。

饭后，林佳一去林森的房间找他说的那两个袋子，她翻来找去终于在书桌上找到两个大袋子——是普通的年货。

林佳一疑惑，哥给李昀准备这些干什么？

她坐在床上寻思，然后给李昀发了条短信问他现在有没有空，说给他送点儿东西。

没过一会儿，手机屏幕亮了，李昀说他在家。

“妈，我出去一趟。”林佳一在门口换鞋。

“天都黑了，你这是要去哪儿啊？”林母在厨房里探了个头，“你拿的是什么东西啊？”

林佳一抬了一下手里的两个袋子解释道：“我哥给朋友买的，他让我帮忙送一下。”

“哦。”林母说，“那就明天送呗，这么晚还过去干什么啊，你哥的朋友是个男的吧。”

呃……

母亲大人这八卦的能力一点也不逊于现在的小年轻，这让她怎么回答啊？

“你就别管了。”林父放下手里的字帖，喝了口茶水，慢悠悠地说，“她都多大了，你还管着她。”

“对对对。”林佳一连忙点头，立马摆出讨好的嘴脸，“妈，我都多大了，你害怕我被人拐跑了啊？”

林父起身，拉住自己老伴的手，一边推一边劝道：“你赶紧忙去吧，走，我帮你刷碗去。”一边说一边回头朝林佳一眨眼，让她赶紧走。

林佳一心领神会，趁着老爸保驾护航赶紧跑了。

晚上的公交车到站的频率会很慢，林佳一为了节省时间，还是打了车。

她站在小区楼下，看着李昀住的那个楼层。灯亮着，林佳一几乎可以想象得到他现在坐在一堆图纸中间忙碌，左手边的咖啡肯定已经冷掉了，甚至还来不及换。

她攥了攥手里的袋子，明明是零下的温度，手心竟然浮现了薄汗，她后知后觉感觉到自己的确有点冲动了。

轻易答应林森冲动了。

选择这个时间段过来的确更冲动。

还有上次一直都没有解释过的拥抱……

李昀一直很忙，而她也开始步入了工作的正轨，两个人就像商量好了一样，脑海中关于上次分开时的拥抱记忆就像被橡皮擦同时擦掉了一样。

谁也没有主动提起过。

4

林佳一在寒风里站了能有七八分钟后，还是没有勇气迈进单元门，犹犹豫豫之下，她决定打退堂鼓，直到被手机铃声绊住了脚步。

她以为是林森或者是糖糖，光线很黑，她没看，直接就接了。

“你准备什么时候上来？”李昀声音淡淡的，仔细听有一点沙哑。

“我……”林佳一看着自己吐出的白气在黑夜中徐徐上升。

“你不冷吗？”李昀问。

她没说话。

“快点上来。”李昀轻轻咳了一声缓解一下发紧的嗓子。

“哦。”林佳一着了魔一样地答应。

她提着两袋东西，慢悠悠踱着步子上楼，楼层声控灯散发着淡黄色的光。她每上一级楼梯，心跳就加快一分，寂静楼道中，除了呼啸的冷风，只剩下自己心在打鼓的声音。

门是开着的，有光从门缝中透出来，一道很亮的光线映在漆黑的地面上。

她小心翼翼地顺着门缝看进去，然后又轻轻地拉开了门。

“进来啊。”李昀看她。

林佳一脱了鞋，换上脚边的拖鞋。

两人之间的气氛有点奇怪，林佳一只能傻呵呵地提着手里的袋子走过去：“这是我哥让我带给你的。”

“木头？”李昀哑着嗓子。他接过来看了两眼，是一大堆年货，有坚果，有水果，反正过年必备的东西，几乎全乎了。

“这家伙。”李昀笑了笑。这家伙是怕自己过年这段时间会把自己给饿死吧。

“怎么了？”林佳一看他。

“没事。”李昀放下东西，“我去给你倒杯水。”说完就去了厨房。

林佳一看着他进了厨房，然后又回头打量他的房间。

床铺很整洁，几乎没有睡过的痕迹，桌子上依旧是一堆凌乱的设计图，电脑开着，是万年不变的 CAD 界面，左手边依旧是一杯咖啡，旁边还有几袋感冒颗粒和退烧药。

他生病了？

这是林佳一的第一反应。

李昀趿拉着拖鞋从厨房出来，把水递给她。

“你感冒了？”林佳一脱口就问。

“嗯。”

“我看看。”林佳一伸出手去触碰他的额头，有点烫，“家里有温度计吗，要量一量？”

“没事，睡一觉就好了。”李昀说是这么说，但是身体没有躲开林佳一的触摸。

“要不我带你去医院看看吧？”林佳一提议。

李昀转身坐在了床上，笑道：“我一个大老爷们儿，受点儿风寒就去医院，未免也太娇气了吧。”

“大老爷们儿怎么了？”林佳一把对付林森的气势给拿出来了，“身体是革命的本钱，谁也没说大老爷们儿生病就不许去医院的啊。”

李昀盯着她气鼓鼓的样子，忍着几乎破土而出的笑意。

“来。”李昀拍拍身边的位置。

“干吗？”林佳一声音瞬间细若蚊蚋。

“过来坐。”

林佳一慢吞吞地坐过去，柔软的床铺承受两个人的重量，瞬间塌了下去。

“原来你也有这么伶牙俐齿的一面啊，我以前怎么没发现呢？”李昀明亮的眼睛紧盯着她，有种强烈的压迫味道。

“我……其实我……”她受不了这么灼热的目光，几乎要把她燃烧了。

“我先睡一会儿，走的时候不用和我说。”李昀躺在床上，眯着眼睛轻声说，“或者你想留下我也不介意。”

林佳一不敢搭话，时间一分一秒地流淌，安静的房间里只能听见李昀均匀的呼吸声，很沉重。

他这是有多久没有好好睡过了？而且还生着病。她想。

她起身关了天花板的吊灯，开了一盏小台灯，光线温暖和煦，非常舒服。林佳一轻轻抱着李昀的身体往床铺中间提了提，然后替他盖好被子。

她坐在床边，借着淡淡的灯光打量李昀的脸庞。

上一次这样看着他，还是醉酒的那次。

李昀抓着她的手问是不是喜欢自己，她想起自己当时惊慌失措的样子，不禁觉得好笑。

李昀长得很好看，俊朗的眉目，还有那挺立的鼻梁。她看着看着忍不住伸出手去触碰，食指从眉心开始一路滑到鼻尖，最后流连在淡薄的唇上。他的唇色很深，有些发红，想必是发烧的原因。

林佳一不记得自己是什么时候离开的了，反正到家的时候，父母已经睡了。

林森临时回来拿换洗的衣物，正好和刚回家的林佳一碰个正着。

“你去哪儿了？”林森拎着衣服袋子站在门口，眉头紧皱，质问道。

“我去帮你送东西了。”林佳一紧张地舔了舔自己的唇。

“送东西？”林森眯着眼打量自己的妹妹。

“对呀，不是你让我帮你去送东西的吗？”她死咬着这个理由。

“那我也没让你这么晚回来啊。你一个单身大姑娘在男人的家里待到这个时间，太过分了啊！”林森说。其实他并非不是开明的哥哥，成年人有成年人的交往方式，林佳一毕竟都这么大了，他根本管不着，但是对方是李昀，他就要多留意一下了。他和李昀相交这么多年，自然是知根知底，人品性格都没有问题，但最大的问题就是李昀是个认死理的人，为人也倔强。当年李昀喜欢上陈禾的女朋友，把自己送进部队逃避这场感情的风暴，李昀对自己都这么狠，何况是对别人呢？

林森不希望自己的妹妹对一个狠心的人付出真心。

何况，他至今都不觉得，李昀从那场单相思的感情中走出来了。这样的李昀对于林佳一来说，不是一个良人。

“哥你想太多了，李昀生病了，我就帮忙照顾照顾他，他不是你最好的兄弟嘛。”她笑着说。

“最好是。”林森撂下话，提着袋子换鞋，嘱咐道，“我要在医院奋战几天，不过除夕当天应该可以回来，但是还不确定具体时间，你这几天在家多帮帮妈的忙。你也知道逢年过节那些七大姑八大姨总是来咱家献殷勤，到时候妈又该累得忙不开了。”

林父是榕城大学的教授，每年手上都有研究生保送的推荐名额，所以难免会被人讨好攀关系。

亲戚的这层关系是什么，它可不是具有和你有旁系血缘关系让你互诉衷肠，携手共进的意义，大部分时候它是现实中残酷的垫脚石，都是互相利用和被利用的关系。

“嗯，我知道了。”林佳一在林森准备拉把手出门的时候叫住了他，“哥。”

林森转过头看她。

客厅只开了一盏壁灯，模糊到甚至看不清楚几步之外的脸庞。

“别太累了。”她说，“我等你回家过年。”

“傻姑娘。”林森笑着骂她。

5

北方小年这天，林佳一正式开始休春假，距离除夕也只有一个星期的时间了。榕城的年味一年不如一年，只有马路两侧挂着的红色灯笼在宣告着——又是新的一年即将来临。

林佳一站在公交车站等车，突然有点伤感，过完年她就二十四岁了。

每每回想起，跟在林森屁股后面要糖耍赖的她，都有一种恍如隔世的错觉。

“在哪儿呢？”赵糖打电话给她。

“在等车。”林佳一拿电话的手再次往袖子里面缩了缩，哈了口气问，“你们公司什么时候放假啊？”

“再过两天吧，主编说让把新闻稿整理一下，年后好发出去。”赵糖说，“我现在正在去有家西点的路上。”

“你够了。”林佳一简直无力吐槽。

“吃了三个月的甜点，你也不怕爆肥。”

赵糖充耳不闻：“那也是为爱而肥，姐姐我愿意。”末了，她说，“要不要来找我？”

林佳一看了一眼迟迟没来的车，跺了跺冻得有些发僵的脚，心想，反正西点屋离这儿不远，顺便走走路还能缓解一下，于是就答应了。

赵糖已经溜进后厨去找陈禾了，自打两人正式认识后，她进厨房已经是家常便饭了。她总是坐在一边的凳子上和陈禾说今天的新闻趣事，陈禾就默不作声地在那儿揉面，他也不嫌烦。两个人形成了一种奇妙的默契，一个是倾诉者，一个是聆听者。

店员认识林佳一，心领神会地指了指厨房的方向。

林佳一跺着脚跑进店里：“让我先暖和一会儿。”

北方室内的暖气很足，不一会儿，林佳一热得出了汗。

李昀来的时候，林佳一猫着腰在柜台前挑蛋糕，后背被人拍了一下，她猛地回头，就撞上了略带笑意的目光。

“你怎么在这儿？”林佳一干笑。

“来买东西，顺便看看朋友。”李昀笑说。

陈禾应该是听见动静了，他从厨房出来，很自然地说了一句：“来了。”

“我让你备的东西准备好了没？”李昀问。

“在那儿呢。”陈禾指了指对面柜子上早已经打包好的几份甜点。

林佳一和赵糖对现在的情况糊里糊涂的，李昀倒是漫不经心地拎走了那几份东西，走的时候还不忘瞥了一下刚刚跟着陈禾一起出来的赵糖，然后朝陈禾飞个眼神，笑着打趣：“眼光不错。”

陈禾无奈道：“没有的事。”

李昀笑了笑，裹紧了衣服，走了。

事态发展得有些突然，还很快，林佳一甚至觉得自己是不是产生幻觉了，她指着李昀消失的方向，欲言又止：“这……”

店员主动解释：“那是陈禾哥的朋友，不定期会来店里取蛋糕，据说是公司的女同事特别喜欢我们家的甜点。”

林佳一本来还没缓过神的神经瞬间断掉了，原来是给美女献殷勤去了，李昀刚刚还一脸的春风得意。

“我走了。”林佳一心情瞬间不好了。

“你怎么了？”赵糖不明所以。

她自顾自走了，谁也没搭理。

赵糖为了追上林佳一，只能慌慌张张披上衣服，然后一边走一边回头说：“陈禾，我先走了，我下次再来看你。”

店员一脸笑意。

陈禾依旧面无表情。

“小糖还真是挺可爱的。”店员自顾自来了一句。

陈禾眼光瞟过去，她立刻闭嘴噤言。

陈禾的性子店里的人都知道，沉默寡言，不爱说话，好不容易来个姑娘对他这么热情，谁都希望陈禾能够把他那木讷沉闷的性子改一改。

所有人都知道陈禾的心封闭了，没有光可以照进去。

也许赵糖是那束光，就是不知道是否能照进去？

Chapter 07 你……你跟我走吧

1

除夕那天，林母从早上起来就一直在厨房忙碌，林佳一自从工作以来就很少睡懒觉了，生理时钟一旦形成，其实是很难改变的一件事。

如果说时间上有一种无形的东西很可怕，那一定是习惯。

林佳一穿着棉质睡衣，袖子挽到胳膊肘。她打开水龙头，把冻肉泡上，还把蔬菜都洗干净放在干净的盆子里。

“怎么不多睡会儿？”林母问。

“睡不着了。”林佳一声音有些闷。她没说假话，这几天睡眠的确不好，只要躺在床上，闭上眼睛就想起李昀拎着蛋糕一脸春风得意离开的模样。

然后她就会开始胡思乱想，各种七七八八的疑问像潮涌一般在脑子里翻腾。

他是不是交女朋友了？

还是有心上人了？

不管是哪一种，她都高兴不起来。

自己喜欢的人要和别人在一起了，就算她多大度，也不可能微笑以对吧，唯一能做到的就是心里默默希望他好就行了。

“下午二姨一家来咱们家吃年夜饭。”林母说。

“知道了。”林佳一小声腹诽，怎么每年都来别人家里蹭饭呢，就不能自己老老实实在自己家过个年吗？

“下午你去接一下，你二姨带着孩子，肯定有诸多不便。”林母语重心长道。

“哦。”林佳一不情不愿地应着，“好。”

林佳一下午两点准时出门，二姨他们一家在车站等着，她上赶着去接对方手里的东西。二姨为人热情，一阵热火朝天的嘘寒问暖。她默默听着，也没怎么搭腔。她抬头的瞬间看到一个熟悉的身影进了附近的便利店。

她以为自己看错了，招呼了一辆车后，和二姨上了出租车。车慢慢行驶，距离开始拉近，林佳一下意识抻长了脖子往窗户外面看。

李昀站在便利店门口拆烟，黑色的羽绒服把他有些精瘦的后背完全包裹。他应该是在打电话，说着说着还笑了，只是几秒的时间，林佳一发现自己的心跳快了几秒。

“怎么了？”二姨好奇道。

“没事。”她收回目光应道。

李昀叼着烟，站在路口正和已经在医院奋战多日的林森同志在煲电话粥。

“怎么，在医院里连续被摧残了这么长时间，还这么有精神给我打电话啊？”李昀时刻不忘打趣这根木头。

“我看你死了没。”林森在更衣室一边换衣服，一边夹着电话说，“我好找人给你收尸。”

“放心，老子没那么容易嗝屁。”李昀笑说。

“要不你晚上来我家得了。”林森套上袜子，低头系紧鞋带。

“我爸前些日子给我打电话了，让我回去。”李昀说着说着顿住了。

林森另一只鞋也不穿了，呼吸都紧张了：“然后呢？”

李昀抬头看了一眼浅灰色的天，云层暗沉，像是即将要来一场暴风雪般。

“我拒绝了。”李昀声音很飘。

他活这么大了，人情世故，职场险恶，在外面打拼的这几年几乎都领教了个遍，可是只要是面对他的曾经，他的亲人，他就立刻变身成一个逃兵。

他没法原谅自己对曾经怨恨的人在病魔缠身的时候竟然心生怜

惘，他没法面对那个带给他噩梦的女人竟然一脸微笑着面对自己。

他受不了。

“李昀，晚上来我家吧。”林森郑重地邀请。

“我一个外人去干什么,还是别了。”李昀拒绝,他在哪儿都算外人。

两人有一阵没说话。

良久，李昀主动说起：“我前些日子去见陈禾了。”

“啊？”林森惊讶。

“你早就知道了吧。”李昀说。

“我……我……”林森哑然，“我也是为了你们俩好”这句话就像是卡在喉咙里怎么也说不出来。

“放心，我没怪你。”李昀苦涩道，“你是怕我们俩见面会尴尬。”

“难道不会吗？”老话不是常说，情敌见面分外眼红，何况当年还是关系那么好的兄弟，为了一个女人产生的间隙，虽说没达到大动干戈的地步，可是一旦感情开始破裂，就很难愈合了。

一个精美的瓷器，只要产生了裂痕，不管修复师用再昂贵的材料修复，都不会是最开始的完美样子。

感情也是一样。

“以前我也认为会。”李昀同时想起了赵婷和林佳一的脸庞，然后郑重其事地说，“但是现在不会了。”

林森听出了点儿端倪，但是最后还是没有张口问。他感觉得出来林佳一对李昀好像有点不同的心思，也想确定一下李昀对林佳一的想法，不过现在显然不是好时机。

“你真不来啊？”林森再次确认了一次。

“不了，晚上还有工作要做。”李昀说。

“年三十做什么工作啊，小心猝死啊你。”林森忍不住怼了一句。

李昀一反常态没有回击，只是笑了笑就挂了电话。

空中有白色物体开始降落，迷住了双眼，李昀收了手机，听到有女生在一旁惊呼下雪了，他也抬头看去。

果然，下雪了。

2

林森刚进家门，就被一阵咋咋呼呼的嬉笑声给吸引了，他看着门口摆着乱七八糟的鞋，心里就明白这是又有客人登门拜访了。

这大过年不在自己家里安生待着，老是跑到别人家里算怎么回事啊？

这个时候他的想法充分和林佳一达成了某种高度契合。

“哥，你回来了？”林佳一被指使去厨房换茶的工夫，和悄无声息进家门的林森撞个正着。

林佳一眼神示意家里来人了。

林森眨眨眼睛，然后摆摆手，示意我都懂。

林母在客厅里催，林佳一只能大声应着，然后把刚换好的茶水端了进去。

二姨抱着孩子，宠溺地笑着：“这孩子天生就皮，每次都不肯老实地待着。”

林母笑道：“小孩子好动聪明，我们家佳一小时候都不会抬屁股爬。”

被点名的林佳一坐在沙发上撇嘴，林森在一旁偷笑。

“哎，老大怎么没过来？”林母问。

老大是二姨的大儿子，榕城大学的学生，今年大三，据说最近已经开始准备考研的事情了，这也是二姨今年会出现在这儿最主要的原因。

“在家学习呢，晚上吃饭的时候，我再打电话叫他过来。”二姨一脸自豪，嘴角都快咧到耳根子了。

林佳一和林森目光对视，彼此心照不宣。

日常夸儿子模式，听得耳朵都快起茧子了。

二姨这人，林森和林佳一从小就不是很喜欢，表面上永远都是乐乐呵呵，和和气气的，其实说的每一句每一字都别有深意。

就比如现在，她表面上只是随口解释一下大儿子没跟来的原因，实际上是夸赞自己的儿子有多努力、多上进，其实也是做给别人看的，这样以后也好在林父这个在榕城大学有点说话权的人面前，留一个好印象。

林佳一和林森很默契地默默退出了客厅。

“真是够了。”林森说。

“我也听不下去了。”林佳一掏掏耳朵，“我们要忍受到晚上吃完饭啊，搞不好还要吃完饺子才回去，怎么办啊？”林佳一拽拽他的袖子。

林森挑眉瞅她：“能怎么办啊，凉拌。”

这是一顿意料之中难以下咽的年夜饭，饭后，林佳一和林森躲在房间里面絮叨。

“这饭吃得我快消化不良了。”林森忍不住吐槽。

“我们俩去外面躲躲吧，吃饺子的时候再回来。”林佳一提议。

林森瞄了一眼外面黑了的天，窗玻璃上有细碎的雪花在敲打。

“还真是悲摧，自己的家竟然都待不下去了。”林森揉揉自己的肩膀，然后像僵尸一样躺在床上，叹息着说，“要不睡一觉就过去了。”

林佳一突然默不作声地看着窗外一片又一片从天空中飘下来的雪花，她突然想起今天在街上无意看见李昀的事情。

那个站在街边的黑色背影，现在想起来，突然觉得他很孤独。

林佳一想，他现在在干什么呢？也和家里人围在一张桌子上吃饭呢，还是一个人孤独地埋在一堆设计图里喝已经冷掉的咖啡。

“哥，李昀今天回家了吗？”林佳一看着玻璃上雾蒙蒙的寒气喃喃问道，“我是说……他父母的家。”

“没。”林森手掌捂着自己的眼睛，挡住了吊灯刺过来的光线，声音隐隐带着疲倦，“我打了电话给他，他说今晚要工作。”

工作？

林佳一心里“咯噔”一下。

除夕夜，谁还有心情工作？

林佳一内心深处的那个念头越来越强烈，几乎要冲破身体。

“哥。”林佳一猛地回头叫他。

林森这时已经睡着了，连续在医院奋战好多天的身体到底还是抵不住疲惫的侵扰。

她盯着漆黑的夜好久好久，最后做了一个很冲动的决定。

她披着外套在门口换鞋的时候，林母问她干什么去，她没多解释，就随口撒了个谎说要去超市买点儿东西，然后慌慌张张地出门了。

夜色很浓，淡黄的灯光映着纷飞的小雪，模糊了林佳一的双眼，她脚步有些急，踩在刚刚落在地上未融化的雪上，有些打滑不稳。

李昀住的地方如果是跑过去的话也就二十分钟，林佳一不想打车，她怕堵车会耽误时间，同时也会在等待的过程中，消磨她好不容易积攒起来的勇气。

她越跑越急，雪花落在肌肤上的冰凉触感，让她忍不住缩脖。

灯依然亮着，她在模糊的视线中，看见李昀的身影在窗户前。两人在雪花的间隙中四目相对，目光很远，却灼人。

李昀明显也是很吃惊，抬手喝水的动作僵硬一顿。

林佳一喘着粗气，然后一鼓作气跑进了楼里。

两人就跟心有灵犀一般，林佳一出电梯的时候，李昀正好把门打开了。两人面对面站着，一种难以言喻的暧昧气流在两人之间流动。

“你怎么在这儿？”李昀盯着她问。

落在衣服上的雪花还没有完全融化，在走廊白炽灯的照耀下，像停留在林佳一身上细碎发亮的星星。

“你……你跟我走吧。”林佳一被填满心脏的冲动影响了，满脑子除了稀烂的糨糊之外，理智完全被丢在了光年之外。

“我跟你去哪儿啊？”李昀被她的傻样逗乐了。

“反正……反正你就跟我走吧。”林佳一脑子有点清醒了，可是话已经说出口，只能硬着头皮说下去了。

李昀勾着嘴角：“好，等我穿件衣服。”

林佳一站在门口等着，李昀回屋去取衣服，其实只有几分钟的时间，她却觉得有几年那么漫长，被冷空气侵袭过的脸蛋，开始后知后觉地升温。

“我们走吧。”李昀穿上了外套。

“哦。”她应着。

雪下得越来越密集，两人走在马路牙子上，踩着越发厚实的雪，发出“吱吱”的声音。

“冷不冷？”李昀问。

林佳一摇着头：“不冷。”她回答，眼睛却不自觉地去瞄李昀插在外套里的手。

她好想牵一下啊。

两人相对无言走了一路，中途李昀还抽了根烟。

“你怎么突然来找我了？”李昀停下脚步，然后转过身问。

林佳一局促抬头看了一眼自己家正亮着灯的窗户，然后小声辩解：“我哥，我哥指使的，是他让我来的。”声音越说越小，几乎用尾音带过。

李昀笑了笑，没有拆穿她。几个小时之前，他刚刚和林森通完电话，怎么可能是林森的意思呢。

两人不知不觉走着，直到到了林家楼下，才不得不停住脚步。

“那个……”林佳一不敢抬头看他，“我们先上去吧。”

两人一前一后上了楼。

李昀也不知道自己是不是着魔了，他就这样跟着她走了，然后在什么也不想问的情况下跟她上了楼。

他看着走在前面的白色身影，竟然有一种想要把她搂在怀里的冲动——而且越来越强烈。

林佳一走在前面寻思一会儿见到林森怎么说呢？她开锁的手指都在轻微地颤抖。

门打开一条缝隙，热闹欢腾的气氛瞬间扑面而来。

“佳一回来了？”林母从厨房出来，端着刚洗好的水果。

“啊！”她咂摸一下嘴，口有点干。

林母瞧见自家女儿身后高大的身影，不自觉地凝聚起目光，试探性地问：“佳一，这是？”

“这是李昀。”林佳一指着他强调，“是我哥的朋友。”

“小森的朋友？”林母皱着秀气的眉。

李昀很是礼貌地弯下腰，打了招呼：“阿姨过年好。”

“对，我带他进去找我哥了。妈，你先和二姨聊着哈。”说着林佳一半推半拉地把李昀带进了房间。

林母带着一脸疑惑坐回客厅，二姨一脸好奇地凑过来打听：“刚刚那人是佳一的男朋友吗，人长得很俊啊。”

林母笑着剥橘子，解释道：“不是，是小森的朋友。”

林佳一像做了亏心事一样拉着李昀躲在房间里。林森被动静吵醒，他睡了有一小会儿了，虽然脑袋还是混混沌沌的，可是已经纾解了很多疲惫。他费力地睁开双眼，天花板刺眼的灯光叫醒了还在混沌的灵魂。

“佳一。”林森下意识叫了一声。

林佳一没听见，她拉着李昀的手腕，正在小心翼翼地关门，生怕弄出动静来会把家人招来。今晚她已经做了很多不正常的事情了，她完全没有考虑过会给自己带来怎样的后果。

“你干吗这么紧张啊？”李昀略带微哑的嗓音挠得林佳一心头微痒。两人站得很近，李昀说话的时候几乎贴着她的耳朵。

这种近距离的环绕，几乎成了一种让人上瘾的毒药。

“我……”林佳一抬眼对上李昀深如大海的眼睛，海底有看不见的波浪在翻涌。

“我……”她眨巴着眼睛。

这种近距离的对视，能让全身的活络因子都开始燃烧，周围的温度迅速上升。

李昀倒是完全不动声色地享受这难得的惬意。

“你们干什么呢？”林森一句话，冲散了室内所有的暧昧。

3

“我这才刚醒，你们俩就给我上演这种戏码，是嫌弃我平时吃的狗粮还不够多吗？”林森搓了搓自己的脸，试图让自己更清醒一点。

“说吧，你怎么在这儿？”林森瞅着两人还抓在一起的手。

林佳一感受到目光，立刻松开了手，紧张得说不出话来。

“你不是不来吗？”林森斜眼看了一下他，“怎么着，换个人请你，你就答应了？”

李昀完全不在乎，瞅着他笑了笑，避开犀利言语，打着太极：“怕你太想我，所以特地来给你解解相思之情。”

“屁。”林森不上套，“你俩到底怎么回事啊？”

“哥。”林佳一被这架势逼急了，“你别问了不行吗？”

“我就问。”林森横了她一眼，突然傲娇起来。

“你幼不幼稚啊。”林佳一为了躲避，直接逃出了房间。她想，自己反正也解释不清楚了，不如还是躲起来吧。

至于李昀，他是个聪明人，她相信自己最开始的说辞一定没瞒过他，他会跟着她走，不管出于什么原因，都让她心头一动。

“说吧，到底怎么回事啊？”林森跷着二郎腿，摆出审问的架势。明明说要在家工作的人，在他眼睛一闭一睁的过程中，就出现在自己的家里，这种感觉怎么咂摸都有种被背叛的味道。

“不是说了来见你，解你的相思之情。”李昀玩世不恭地一笑。

“能不能正经说话了。”林森最讨厌的事情就是在他一本正经的时候，对方满嘴跑火车，偏偏对方是李昀，他治不服李昀。

“那丫头找你去了？”林森抬着眼睛问。

“嗯。”李昀收起自己嬉皮笑脸的模样。

“你看出来了吧？”林森意有所指。

李昀默不作声，喉结滚动了两下。

“我不相信你没看出来。”林森语气突然严肃起来，“李昀，我知道你不是那种会玩弄感情的人。当年你喜欢赵婷我都看在眼里，别人以为你是一时兴起，但是我知道你用了全部的真情。”他顿了一下接着说，“佳一是个单纯的姑娘，我是她哥，我不希望她受到任何感情方面的伤害。如果你还没想好，希望你还是和她保持点儿距离吧。”

人的感情总是有很长的蛰伏期，在下一段感情开始之前也有很长的一段过渡期，李昀当年对赵婷的死心塌地，每一次的深夜买醉，林森都在场。他相信李昀不是一个对感情随便的人，但是他不希望心里装着别人的人，还情不自禁地去接近自己的妹妹。

这个时候，对作为哥哥的林森来说，无疑是自私的。除了林佳一，他什么都不想考虑，哪怕今天这番话也许会伤了他与李昀多年的兄弟情分。

房间突然寂静了下来，白色的光线大片地洒在墙壁上，有一瞬间，灵魂像是被重新洗涤一般，干干净净重新再出现。

“你怎么知道我没想好？”良久，李昀说，“你怎么知道我对她不是来真的。”

“你是说……”林森哑然。

“没错，我喜欢她。”李昀说，“而且准备来真的。”

李昀走近林森，然后叹了口气说：“木头，你知道我说出口的话，绝对没有反悔的可能。”

夜色已经深如墨。

声声爆竹已经响天彻地地开始叫嚣，淹没了世间万物所有微小的声音。

林森在惊颤的余味中，久久不能回神。

林佳一敲门，然后悄悄把头探进去。两个大男人，一个坐在床上，一个站着，四目相对。林森眼中流露出惊讶之色，她脑补了最近看的

小说，又想起初次在机场的误会，不禁打了个寒噤。

“我说，咱们能吃饭了吗？”

两人齐刷刷看向她，她被冲击过来的目光吓得差点后退一步。

“饺子好了。”她说。

先主动说话的是林森：“走吧，吃饺子去，正好我睡醒了之后就饿了。”他摸摸自己瘪下去的肚子。

林佳一用温柔的眼光去看李昀：“一起吧，不用尴尬。”

林森插嘴道：“他都不知道尴尬两个字怎么写。”

李昀扯着嘴角。

这算过去了？林森那小脾气本来就直，他不过就是想要一个确定的答案而已。

李昀看着林佳一笑了笑。

林佳一害羞地低头先跑了。

林森和李昀走在后面，两人悄悄咬耳朵：“你可别忘了刚才你说的话。”

李昀笑道：“你忘了我都不会忘。”他戏谑一般拍了拍林森的肚子，然后说，“把你的心揣肚子里，好好吃饺子吧。”

林森被无情地噎了一下。

饭桌上，李昀自然成了众矢之的，他倒是没在意那些带有怀疑和探究的目光，一脸轻松地吃着碗里的饺子。

“妈，你老看着我朋友干啥？”林森小动作不断，在桌子下面捅了一下李昀的腰，后者没防备，不小心咳了出来。

“你看，他都消化不良了。”林森一脸得意地说。

林父坐在主桌，像泰山一般，说话都是字正腔圆地强调：“大家赶紧吃吧，来者是客，孩子别客气，既然是林森的朋友，那就跟我们的孩子一样。”

李昀以笑脸回应，然后在桌子底下伸出罪恶的手，狠狠掐了一下林森大腿最嫩的肉。

林森咬牙，这人真够狠。

林佳一把所有的小动作全部收在眼底，咬着饺子的唇瓣，不自觉地翘了起来。

这还真是一个特别的新年。

烟花节目历年来在林家都是省略的项目，主要是林家父母不想折腾，而且市区严禁燃放烟花爆竹，所以吃饺子就是年三十最后一个项目。

年长的人熬不了夜，二姨家的大孩子又是万年不变的乖孩子，不与他们为伍，只剩他们三个夜猫子，躲在林森的房间熬通宵。

“要不要来一盘？”林森拿着游戏手柄发出挑战。

李昀目光深沉，一时间竟有些感慨：“你还留着呢？”

“你送的，当然留着。”林森说道。

这是当初李昀一直伴其左右的东西，可以说这是他童年唯一的念想，这可是他考上重点初中，李章送他的奖励，还是少年的他高兴了好久。

可是后来，李昀离开学校去部队报到时，留给了林森。

或者说，是林森收留了他的回忆。

“‘魂斗罗’还是‘双截龙’？”李昀挑眉问。

“‘双截龙’，对打，我今天要把你按在地上狠狠地虐待。”林森大言不惭。

两个骨子里还隐藏着少年血性的人，在这个难得团圆的夜晚开始释放。

而林佳一就在那半明半暗的光影里，一直注视着李昀。

4

林森的身体终究还是熬不了夜，在这个温暖的室内，时间越接近凌晨，他的身体就越控制不住地沉下去，脑子里最后的清明被一片黑色混沌驱赶。最终在李昀把他狠狠地踩在地上摩擦的时候，他把手柄一扔，头一歪，睡着了。

林佳一跑去厨房泡咖啡，推开卧室的门就看见李昀把林森安置好在床上，顺便还贴心给他盖好了被子。

“睡着啦？”林佳一压着嗓子说话，声音在黑暗的空间里轻飘飘的。

李昀示意般点点头。

林佳一坐到林森刚才坐的位置上，两人靠着床沿席地而坐，电视显示屏上面的游戏还是“game over”的提示。

时间在安静的气氛中一分一秒地流逝。

夜晚是一个很神奇的催化剂，它会把身体中的所有七情六欲的细胞无限扩大。也许是暖气给得太足了，也许是她和李昀此时靠得有点近，就在两人相对无言静坐的过程中，林佳一的脸悄悄地开始发烫。

“要不要喝？”她把咖啡往李昀的方向推过去一点。

“不了。”李昀看一眼外面的天，这个时间的爆竹声已开始消退，还给世界一个短暂的平静，他接着说，“该睡了。”

又是一阵无言，明明说了要去睡的人，依旧一动不动地坐在那儿。

他不动，林佳一更不想动。

这种难得的两人的独处，仿佛是在一个独立的世界，与他人无关。

“会玩吗？”李昀突然问了一句，晃了晃手里的手柄。

林佳一怔了一下，才反应过来他说的是游戏。

“以前给我哥当过陪练。”林佳一拿起地上的游戏手柄，笑着问，“要不要来一盘？”

这一刻的世界是安静的，可是李昀觉得自己的世界除了绽放璀璨的烟花，有一个声音从内心深处源源不断地发出——他喜欢眼前的这个人。

很喜欢——喜欢她灿烂的微笑，喜欢她为自己担心的眼神，喜欢她偶尔爹毛，喜欢她拉着自己的手，然后用略带倔强和局促的声音对着自己说跟我走。

屏幕上第三次出现被“KO”的字样，林佳一丧了气。她喝了一口咖啡提神，然后垂着脑袋小声嘟囔：“你就不能让让我吗？”

李昀看着她的发顶笑，情不自禁地伸出手去捏她的下巴。

“让我看看。”

“看什么？”林佳一眨巴着眼问。

李昀的眼睛折射出明亮的光线，林佳一依稀在他的瞳孔里看到自己现在小鹿乱撞的模样，好像从眼睛开始逐渐印刻在了心底。

“林佳一。”李昀叫她。

“啊？”她现在手心全是汗。

“你到底是不是喜欢我？”李昀问。

就在几个月之间，同样的人，同样的问题，但不同的是，这一次李昀很清醒，更不会后知后觉才想起自己原来做了这样的浑蛋事，竟然逼着姑娘讨一个答案。

“我……”林佳一避开他的目光，口干舌燥，只能发出单音。

“我想听真话。”李昀凑得更近了一些。

“我……”林佳一就在这样直勾勾的目光下，说出了口。

“我喜欢你。”她说着不顾李昀还抬着她的下巴，就低下了头。

李昀也微低下头，蹭着她头顶柔软的发。

“我也喜欢你。”

告白的言语在这个年三十的夜晚别有一番韵味。

林佳一不敢抬头，发烫的大脑竟然有些晕晕沉沉的，就像深藏于混沌的云朵之上，脚下是柔软的触感，竟然有点不知今夕是何夕。

这一切都是真的吗？

她不停地在心里问。

她从来没有想过有一天会这样依靠在李昀的肩头，温言软语地互诉衷肠。从喜欢上他的那天开始，她好像就一直处于这种反复的自我否定中。

他那么好，她配不上。

他从来都是那么自信，只要是自己想要的，就会拼全力去争取；

而她从来都是软弱的，不管是生活，还是爱情。

“你是不是喝多了？”林佳一冷静过后，傻不拉几地说了一句。

李昀瞬间笑出了声音。

“你笑什么？”林佳一撇着嘴，不满地看他。这的确不能怪她不相信，这就好比一个小孩子奢望了许久玻璃橱窗里面的玩具，有一天突然抓在了自己的手里，这种感觉就像是在做不切实际的梦，醒来时发现梦想成真一般。

“我今天只喝了咖啡。”李昀用余光扫了一眼立在地上的半杯咖啡。

天地良心，他今晚可是一滴酒都没沾。

林佳一咬着下唇，然后微微皱着眉。

李昀在浮动的光影中看着她，突然心生冲动。

“我……”林佳一刚想说什么，后面的话被截住了。

李昀微微倾身，吻住了她。

他的唇很烫，几乎烫伤了她柔软的嘴唇，她心里那头小鹿终于冲破了胸膛。她微微张着嘴，用行动回应他的亲吻。

她的唇感受到了微微的苦涩，鼻翼周围环绕着淡淡的咖啡香气。

他说得没错。

他今晚只喝了咖啡。

所以，这一刻的他，无比清醒，自己在做什么。

5

天什么时候亮的，没人知道。

林佳一隐约听到卧室外面有人说话的声音，她自从上班以来，生理时钟已经定了型，越接近身体苏醒的时间，睡眠就越浅薄，一点动静都能吵醒她。

她眯着眼睛，下意识想撑起自己的身体，可是她动不了，身体好像被一双很有力的手臂给抱住了，然后随之而来的感受是自己伏在一个温暖的胸膛之上。

她用力睁开眼睛，微微地抬头，映入眼帘的是李昀还在沉睡的脸庞。

清晨六点的太阳还没有苏醒，晨间是一片沉迷的白雾，浅淡的光线透过白霜布满的玻璃映在棕色的地板上，竟然有种月光倒映水中的错觉。

林佳一瞧着睡着的李昀，从黑色的短发到饱满的额头，从俊朗的眉峰到深邃的眼窝，从挺立的鼻梁到薄浅的嘴唇。

她几乎是一瞬间想起了昨晚的事情，然后下意识抿了一下自己的唇，罪恶的小手指不自觉地向前探去，落在锋利的唇线上。

她正痴迷于这种指尖在她唇上流连的感觉，却不知危险随着她的触碰开始悄然而至。

电光石火之间，她只觉得腰上一紧，然后是一个天翻地覆的转变，人已经被压在地上，一股属于李昀的霸道味道扑面而来。

林森还在打着呼噜，她不敢发出太大的声音，只能捂着自己的嘴唇惊讶地睁着眼睛。

“你醒啦？”她问，“什么时候醒的？”

李昀眯着眼贴着她的耳边说：“刚醒。”

他的声音带着未苏醒的沙哑，在这个早晨，格外迷人性感，吐出的温热气息中貌似还残旧着昨天的咖啡味。

“饿不饿，要不要吃早餐？”她试图转移话题。

虽然两人昨天嘴都亲过了，可是她显然还是不能短时间立刻就适应李昀这动不动就亲密的行为，作为一个单身了二十多年的人来说，她还没有学会怎么做一个合格的女朋友。

“等会儿。”李昀试图把林佳一想要挣脱的身体搂得更紧一些，这样抱着她，好暖也好软。

“我……我饿了。”她开始瞎说胡话，其实她一点都不饿。

“林佳一。”埋在她脖颈的男人，吐着热气叫她。

“啊？”她傻傻地开口。

“你是不是害羞了？”李昀抬起头，目光和她对上，带着湿气的眼睛，又黑又亮。

“我……”她好像除了“我”什么都说不出口。

李昀伸手去抚摸她的发梢，他喜欢看林佳一在自己面前有些窘迫的样子，也许是每个男人心里都有一种恶趣味吧，这样害羞躲闪的林佳一，会让他有一种想欺负她的想法。

身体比脑子行动得更快。

只是这么想了一下，他就准备低头亲了下去。

林佳一眼看着凑近的脑袋，连忙捂住了自己的嘴。

“怎么了？”李昀哑着嗓子，皱着眉头不满地问。

“我还没刷牙。”她闷闷地说。

李昀翘了一下嘴角，扯开她的小手，再一次准备低下头。

一道洪亮的咳嗽声再次打断两人晨间的腻歪。

林森坐在床上，用惊悚且不满的目光盯着一对卧倒在地上撒狗粮的情侣。他郁闷地搓乱自己本来就乱得不成样子的鸡窝发型，然后郁闷地想，正月初一，这都叫什么事啊！

6

“你不是吧。”林森咬着牙刷，满嘴的白色泡沫随着他说话的动作，飞出了几朵飘在空中，他接着不满道，“你这行动也忒快了，泡我妹妹还不事先知会我一声，李昀你还真有狗胆。”

“新年的第一天你就不能说点儿好话啊。”李昀完全无视他的无理批判。

“说吧，昨天晚上进行到哪一步了。”林森盯着他。

“没你想得那么龌龊。”李昀摆手。

“你可给我悠着点儿啊，我可不想这么快当舅舅。”林森郁闷地刷牙。他可不想在做爸爸之前先做舅舅，这样会被老妈还有一些家里的亲戚念叨死的。

“我又不是禽兽。”李昀抹了一把脸，出了卫生间。

林森吐掉嘴里的漱口水，他寻思着自己是不是也该交个女朋友什么的了，不然成天吃狗粮他可能会消化不良。

李昀离开林家的时候正值晌午，林佳一送他出小区，两人手牵着手，俨然已经是热恋中的小情侣。

“快回去吧，外面冷。”李昀拉了拉她毛茸茸的领子。

林佳一拽着他衣服的下摆，就是不撒手，着实有点像一只黏人的小宠物，舍不得主人出门。

前几天开始有点融化的积雪形成一摊又一摊的水迹，这几日又在零下的温度下形成了冰碴。

李昀看着林佳一，突然很想把她抱在怀里亲一亲。

他这么想着，然后就这么做了。

李昀低头，将唇覆在她的嘴角上，轻轻亲了亲，然后劝说道：“回去吧。”

“嗯。”她脸红。

两人在楼下的一举一动，被躲在卧室窗户前偷看的林森全部看在眼里。

林佳一是在李昀的身影彻底消失之后，才美滋滋地上楼。如果这时给她一对翅膀，她一定会飞起来的。

林森看着她雀跃的身影，心中五味杂陈。

其实他也不是反对，只不过心生担忧，李昀那人的性子太过坚硬刚强，林佳一又是单纯无害，两人走在一起不知道到底是不是合适。

林森也是过来人，每任女朋友交往的时间都不会超过一年，有过两段感情经历的他深深知道，爱情真的不是两人能走到最后的凭证。

“哥。”林佳一脸上的笑容根本抑制不住。

“我想和你谈谈，佳一。”林森正色道。

她收了笑容，同样正色道：“我知道哥你想和我说什么。”

林森着实诧异一向傻不拉几的她竟然也会洞察别人的心思了。

“你放心，让自己难受的事我是不会干的。”林佳一话锋一转，“倒是你，别以为你隐藏得好，我就不知道了。哥，以前你总是安慰我，这次换我照顾你吧，如果真的熬不下去了，就替自己想想。”

林佳一虽然不知道林森工作上具体的前因后果，但她又不是傻子，那几次林森深夜买醉，想必和医院的某些事脱不了关系。

而且，她看得出来，林森脸上的阴云，这几个月就没散过。

林佳一伸手抱住他：“我陪着你呢，哥。”

林森动容，伸手摸了摸她柔软的头发。

Chapter 08 他是我男朋友

1

新年过后，便是新一年的启程。

林佳一的工作已经完全步入正轨，李昀手里准备开春就动工的项目也是迫在眉睫，在正式施工之前，还要再一次确定最后的数据和图纸。

两人的感情正处于蜜里调油的阶段，不过相比其他人来说，他们俩没有那么腻歪，打电话的时候，也不说什么肉麻的话。李昀画着图纸，她改着稿子，两人默不作声做着自己的事情，偶尔发出一点声音，对方会给予回应。

爱情从来不是寻找刺激的一种手段，它其实是一种天长地久的陪伴，不需要过多的言语，只要对的人陪在身边。

相比林佳一的惬意，赵糖最近遇到的糟心事情就比较多了，不只要收集社会版新闻的明察暗访的手机素材，还要管娱乐组那边的事情。

事情起因是这样的。

公司娱乐版的小记者在年后不知是出于什么原因辞职了，新年刚过，找工作的人还没有到达顶峰期，何况新闻行业的人员筛选更是要过五关斩六将，一时之间出现了职位空缺，并且这时候的娱乐组正在着手准备一个美食节目的版块，急需有人去收集资料和撰写新闻稿。

所以公司决定临时在人员充足的社会组调一个人过去暂时先顶替一下。

于是，赵糖光荣地中选了。

可是最糟的是，她现在手里跟进的新闻还不能交给别人，所以就造成了她两个任务要同时进行，每天忙成了狗。

正值午休，赵糖仰着头靠在椅背上休息，她感受到迎面而来的气息，敏锐地睁开眼睛，一个黄色的不明物体向她飞来，她伸手快准狠地接住了——一个黄色的奶油面包。

“谢啦。”赵糖抬手示意，对迎面走来的曹珂说道。

曹珂刚吃完饭回来，路过便利店的时候想到中午离开办公室时，赵糖还埋在办公桌前面敲字，就想到她忙完肯定就想不起去吃饭了，所以就顺便买了点儿简单的食物。

曹珂走近，随手又在她桌子上放了一瓶牛奶。

“谢谢啊。”赵糖愣怔了一下，对着已经错身过去的背影又道一遍谢。曹珂没有转身，只是嘴角扯着笑，然后坐到了自己的位置上。

她进公司快半年了，从最开始横冲直撞的小新人一路走过来，的确受到了曹珂不少的帮助，不管是一起出任务，还是加班写新闻稿，能给她出主意的人好像一直都是他。

虽然从最开始的时候，她并不是很待见曹珂那一副见人说人话见鬼说鬼话的嘴脸，可逐渐接触下来，她的确没那么讨厌他了，甚至已经把他划分为朋友的行列中了。

“晚上要不要一起吃个饭？”她嚼着面包，思索半天，最后跑去敲曹珂的桌子。

曹珂抬起头，眯着一双笑意满满的桃花眼，揶揄她：“你今晚不用赶去见情人了？”

赵糖被噎了一下，转而讪讪笑道：“瞎说什么呢？”

她对陈禾就是一厢情愿，根本算不上什么情人，不过现在仔细想想，她暗搓搓追了陈禾那么久，也不知道他到底明不明白自己的意思。

“我是不是瞎说，你心里最清楚。”曹珂笑道，“怎么，追了这么久还没有进展？”

赵糖咽下嘴里的面包，苦涩道：“我表现得也很明显了，不知道他是真没明白，还是故意装不明白。”

陈禾对她的态度一直都是淡淡的，可是她不厌其烦去打扰他，也并没有表现丝毫的不耐烦，这对于感情新手的她，着实难办许多。

接下来到底是以退为进，还是乘胜追击呢？

“跟哥说说，我帮你分析分析。男人看男人才准，你们小姑娘懂个屁啊。”曹珂占个口头便宜，眼底的落寞难以察觉。

赵糖眼睛亮了，然后真的一板一眼地开始说了起来：“你说一个男人对你的态度一直是冷淡的……”

“那他就是对你没兴趣啊。”曹珂双臂一摊，打断她的话。

“你先听我说完啊。”赵糖急了，“可是不管我找他多少次，他都不会表现出不耐烦的样子，你说其实他是不是对我是有意思的？”

曹珂皱着眉，然后眯起双眼，沉着地思考起来。

他嘴上侃侃而谈地帮赵糖分析，其实他都没见过陈禾本人，只是凭空根据赵糖的言论去猜测，根本没有任何的可信度。

“你怎么不说话了？”赵糖见他不说话，嗓子都紧张得颤抖。

“喂。”赵糖忍不住用手背推他一下。

“怎么了？”曹珂抬头看她。

赵糖简直要怒了：“不是你说要帮我分析嘛。”

“少安毋躁。”曹珂摆摆手，“我跟你说……”

赵糖俯下身子凑近了一点。

“我跟你说，男人对你不冷不热，喜怒不形于色，这种情况只分两种。”曹珂手里转着笔，一本正经地开始分析，“一是，他对你根本不感兴趣，不管你再怎么主动，也改变不了他对你的态度了。至于他为什么不烦你，那只能说对你，他是根本不在乎的。”

赵糖的心在他这番话里凉透了。

“那第二种情况呢？”她郁闷地问，几乎已经想不到比这更好的情况了。

“二是……”曹珂看着赵糖耳边的碎发，目光和语气顿时温柔起来，“他也许是喜欢你的，但是他不确定你的感情，所以他不敢付出，也许他只是一个脆弱的男人。”

赵糖抬头，光线在她的黑瞳折射出光芒。她不确定地问：“你说的是真的？”

曹珂嘴边扯出苦涩的笑：“真的。”

同性之间的情感分析总是会有一种必然的相似性，赵糖从没想过曹珂今天的话竟会一语成谶。

2

立春之后，白昼开始逐渐变长。

赵糖赶到有家西点的时候，天边还悬挂着最后一丝光亮，店里已经开始有灯火。店员看见熟悉的身影，立刻笑脸相迎：“小糖，你来了。”

“他在吗？”赵糖笑着问。这么长的时间，这几乎成了一种默契的暗号：如果陈禾在，她就会轻车熟路地跑到后厨；如果不在，她就会拿一块草莓蛋糕，然后离开。

“不在呢。”店员笑着说，“西街有人订了加急外卖，送外卖的小哥迟迟没来，客人要得急，陈禾哥亲自送过去了。”

“哦。”赵糖还是有点失望的。

“我能进去一下吗？”陈禾不在，她想进后厨当然还是需要客气地询问一下，“上次我有个本子好像落在这儿了。”

店员说 :“当然可以。”

赵糖进了后厨。这里一如既往的安静沉闷，空气里飘浮着万年不散的甜点香气,有缓慢的音乐流淌进耳朵里,依旧是陈禾听的那首歌曲。

她看了一眼录音机，心想应该是陈禾走得急，忘记关了。

这首歌赵糖特地去网上查过，名字叫《一生守候》，是一首很老的歌曲。

桌子上放着她的黑色皮质本子，这是上次她在这儿抄歌词的时候遗落的。

上面是密密麻麻的黑色字体，正好与播放的歌曲相得益彰。

你知道这一生

我只为你执着

管别人心怎么想，眼怎么看，话怎么说

你知道这一生

我只为你守候

我对你情那么深，意那么浓，爱那么多

等待着你

音乐旋律轻缓舒柔，最后以磁带弹出结束播放。

气氛安静下来了，赵糖准备离开，目光扫视到桌子另一边放着的黑色陶笛，她恍惚之间想起，当初与陈禾相遇的模样。

时光已逝，情还在。

李昀最近不知在哪儿领回了一只猫咪幼崽，全身橘色的绒毛，眼睛还没有完全睁开，卧倒在软绵绵的小被褥里面，特别可爱。

“怎么突然想起养猫了？”林佳一用手指轻轻挠着小猫的下巴，后者舒服地伸展自己的四肢，一脸享受的模样。

“同事家养的猫生崽了，我要了一只。”李昀坐在电脑桌前，随手咬了一根烟在嘴里。

“不许抽。”林佳一见状，出声制止。

火还没点着，李昀拿着打火机的手停顿在空中，然后拿下嘴里的烟，挑眉笑道：“这就开始管我了？”

林佳一不傻，当然听出他隐藏在言语中的潜台词。她故意装得表面冷静，但是逐渐开始红了的耳朵还是出卖了她。

李昀放下手里的活，起身向她走过来。

他很喜欢这样逗她，不只是满足自己的趣味，可能是他以往没有正儿八经交往的原因，这一刻他很享受拥有一个贴心的女朋友，可以无赖地开玩笑，甚至还可以像现在这样把她搂在怀里，然后肆无忌惮地亲她。

林佳一喘不上来气，下意识地偏头去躲他的亲吻。

“怎么了？”李昀皱着眉，不满道，想继续捕捉她的唇。

“有人看着呢。”林佳一把头埋在他肩膀上，耳根子都红透了。

李昀偏头看了一眼被褥里面的小猫咪，本来半睁半眯的眼睛此时瞪得特别大。

“没事。”李昀捏住她的下巴，无视那小猫咪的视线，又再一次地亲了上去。

室内温度很高，接吻这一运动可以促进大脑分泌，开始燃烧身体里所有的细胞。

林佳一很被动，她不敢睁开眼睛，嘴唇上的触感又湿又热，甚至还有咖啡和烟草混合的味道，有些刺鼻，还有些苦涩。

却一点也不难闻。

她主动搂住李昀的脖颈，把自己完全交给他。

李昀的呼吸声很沉重，两人相依相偎。

良久，她听见他说：“我最近要出差，要离开一周。”

林佳一调整呼吸，然后抬头看着他：“去哪儿？”

“深城。”李昀说。那是他当年生活过的城市，为了逃避一些事情，如今岁月轮回，自己会再回去。

他解释道：“马上要动工的项目，需要再去和开发商那边进行最后的确认，他们指明需要设计师来讲解，我是从头跟到尾的，没有人比我更合适。”

良久，他说：“你帮我照顾一下猫。”

李昀掏出外套里的钥匙放在她的手里。他其实并不喜欢养动物，依照他的性格，孑然一身才是他的属性。

但是那天在办公室里，同事讨论家里的宠物猫生了一窝小猫崽，正愁着送不出去，他灵光一现，鬼使神差地开口要了一只。

不是说宠物是女生最好的朋友吗？

他的确需要找一个正当的理由，让林佳一可以经常出入自己的家。

“然后以后顺便照顾我。”李昀不要脸地说。

林佳一抿着唇偷笑，刚刚被某人用霸道力量吸吮过的唇，泛着晶莹剔透的红。

良久，她倾身把李昀搂得更紧，然后冲着他的耳朵吹气，她轻飘飘地说了句:“好。”

李昀出差后,林佳一下班会先去李昀租的房子喂猫。她站在落地窗前,看着小区里的灯火,这一室一厅的小房子,还是当初她帮忙找到的,她觉得她和李昀之间既像一场梦,却又无比真实。

真真假假,虚虚实实,有点让人分辨不清。

猫咪把小脸埋在饭盒里吧唧吧唧吃得正香,时不时还发出绵长又细腻的叫声,林佳一被裤兜里的手机振动拉回现实。

她接通了电话。

迎面而来的是赵糖号啕大哭的声音。

她还没来得及问出口,远处密布在逐渐黑暗的天色之中的乌云越发浓重,一场突如其来的暴雨,倾盆而至。

3

雨声穿透了整个世界,林佳一在赶往赵糖家的时候,脚步明显急切了许多,地上泥坑被溅起的水即使把裤脚打湿一片,她都没有停下脚步。

脑海里不停在翻滚刚刚赵糖在电话里的那一声号叫,她大哭着说:“佳一,我们完了。”

那是一种绝望的、撕心裂肺的呐喊。

上一次赵糖哭成这样还是她母亲离开人世的时候,那年她正读高三上学期,她整整一个礼拜都没有来上学,林佳一虽然担心,却没有

去打扰。

直到赵糖重返校园，面无血色地坐在操场的看台上。林佳一依稀记得那天的阳光很好，照在身上都是暖洋洋的，她抱住赵糖，却只觉得赵糖浑身冰冷。

赵糖在她怀里失声痛哭，如死一般绝望。

“糖糖。”林佳一冲进卧室。

赵父依旧万年不变把自己关在房间，对外面的一切事物都充耳不闻。

赵糖蜷曲着双腿，双臂用力抱住自己，形成一个自我保护的姿势，她的头垂得很低，看不出来是喜是悲。

“糖糖。”林佳一蹲下身子，小心翼翼地叫她。

赵糖慢慢地抬起头，脸上已是濡湿一片，额前的黑发被泪水沾湿，湿答答地粘在额头两侧，看起来很狼狈。

“糖糖。”林佳一叫她的声音微微颤抖，在这个黑暗的房间里，只能靠着仅有的一点微浅的光线来看清彼此的眼睛。

“我错了。”本来有些平复的赵糖在看见来人之后，情绪又再次受不住了，“我错了，我真的错了。”

她一边认错，一边颤抖着双手：“我真的不是故意的。”

“糖糖，你冷静一点。”林佳一握着她的手，“你跟我说，到底发生什么事情了？”

“我……”赵糖颤抖的身体被林佳一搂着，也许是熟人的气息感染了她，也许是温热的身体平复了她的情绪，她慢慢镇定下来，然后抽泣着开了口。

事情的起因是这样的。

赵糖照例每天下班去一趟有家西点，她一直对放在桌子上的黑色陶笛很感兴趣，她忍不住去触碰，拿起来观赏一下。

陈禾就在这时大声叱呵了一声，她冷不丁被吓了一跳，脱手了，陶笛摔在地上，瞬间四分五裂。

她惊慌失措，刚想开口道歉，只见陈禾咬着牙恶狠狠地说了一句：“给我滚。”

赵糖断断续续地讲完了，眼泪止不住地流下来。

“他从来没有这么生气过。”赵糖说，“佳一，我们完了，这次真的完了。”

陈禾向来喜怒不形于色，这是他第一次发这么大的脾气。

赵糖不可能不慌。

“这个陈禾，未免也太小题大做了吧，不就是打碎一支破笛子嘛。”林佳一不懂。

“可是他脸色都变了，看起来很可怕。”赵糖委屈地掉着眼泪。

“糖糖，你先别想那么多，我去找我哥问问到底怎么回事。”林佳一扶她起来，“你今晚早点儿睡，等我这儿有消息了，我再找你。”

“哥。”林佳一一边走，一边给林森打电话。

“怎么了？”林森刚下班，正在家喝鸡汤补一补这几天在医院食堂遭罪的胃，他感受到气氛不对，下意识地问，“你怎么气哄哄的？”

“哥，你在哪儿呢？”林佳一问。

“在家呢。”林森一脸蒙，随后想到一种可能，立刻急了，“是不是李昀那浑蛋欺负你了，等着，哥找他去。”

“不是。”林佳一阻止他，这关李昀什么事啊，他俩现在正好着呢，什么事也没有。为了防止林森搅浑水，她连忙说，“这一时半会儿说不清楚，你在家等我，我马上回去。”

被挂了电话的林森，抱着一碗鸡汤，更蒙了。

“我说你朋友陈禾怎么回事啊？”林佳一一进家门就怒火朝天地发问，“不就是支破笛子嘛，大不了赔他十支，至于对糖糖那种态度吗？”

“别说了。”林森皱着眉。

林佳一人虽然单纯了点儿，但不是没有眼力见的人，这要是放在平常林森一定是站在自己这边的，而不是一脸沉重地对她说“别说了”。

“哥，你和我说实话。”林佳一拉过凳子坐在他身边，正色道，“这中间到底是不是有什么事是我和糖糖不知道的。”

“你以后让糖糖别去找陈禾了。”林森沉了语气。

“可是糖糖喜欢他。”林佳一道出事实。

“陈禾不适合她，你要是不想以后让她找你哭鼻子，你就听我的。”林森严肃道。

“哥。”林佳一惊讶地叫了他一声。

林森似乎不愿意再谈这个事情，避开了林佳一的目光，回了房间。

最后还是什么都没有问出来，林佳一怀着郁闷的心情在床上翻来覆去。她刚刚和赵糖通了电话，赵糖心情已经平复了很多。她几次欲言又止，也没有把林森说的话告诉赵糖，陷入感情的女人大多数是盲目的，赵糖喜欢陈禾是不争的事实，她怎么说得出口阻止赵糖的话？

窗外的雨打在窗檐上的声音扰乱着心神，林佳一盯着手机屏幕上第一个联系人的名字发愣，手指悬空点了又点，最终还是没有按下去。

李昀，我好想你啊。

你有没有在想我？

4

隔日，深城出现恶性治安事件的事情上了电视台和手机媒体的各大热搜。

据说有一伙黑恶势力在深城作案，目前虽然已经被警方逮捕，但是依旧造成了人员伤亡，具体细节不详，媒体会持续关注报道。

深城出了这档子事情，榕城的媒体也动员起来。赵糖虽然对昨晚的事情心有余悸，但好在还是个理智的人，工作不能耽误。她跟着社会小组一起出了外勤，这是她继上次小偷事件后，第一次得到特许。

她看了一眼自己电脑上撰写的新闻稿，这是她在娱乐组帮忙的时候做出的一个策划案，各种美食都做得差不多了，所以她想到了陈禾，想到了有家西点，专门写了一份关于甜点的文案。

可是，她知道，用不到了。

“赵糖，你干什么呢？”曹珂叫她。

“啊。”她回神，应道，“来了。”

这次事件涉及的范围不小，据目前所统计的数据得知已经有两人确认死亡，五人重伤已经送往医院救治。

“联系到深城的警方了吗？”曹珂问，“有没有说那伙黑恶势力是什么来历？”

“还不知道，据说是一些反社会人格的组织，早些时候就已经有媒体关注这方面的事情了，但是他们隐藏得很好，没想到一出现就造成了这么大的伤亡。”

赵糖暗自思索，反复咀嚼着“深城”这两个字，昨日和佳一通话的时候，她貌似说了李昀去了深城出差。

她脑袋像炸掉了一样，着急地问：“伤亡名单能不能查到？”

“目前已经确定的可以查到。”有个同事说。

“我看看。”她抢过电脑，目光从头到尾地扫下去，没有看见李昀的名字才舒了一口气。

深城与榕城相邻，只有两个小时的车程。

他们赶到的时候现场依然是一片混乱，散不尽的浓密黑雾，警报声与人的哀号声乱作一团。

同一时间，身在榕城的林佳一得知深城的情况，连续拨打了无数次李昀的电话，都是无人接通的状态。

她心乱如麻，却又无能为力。

这是混乱紧张的一天，对所有人都是。

赵糖收工的时候已接近凌晨，深城出动了一切可以用的资源才抚平这场突如其来的事件。

赵糖依旧没有发现李昀的名字出现在任何一张伤亡名单之上。

林佳一根本已经坐不住了，她连夜开着车来到深城。深城已经开设警戒区，没有得到允许不可以擅自进入该区域，她只能在警戒之外的范围静静等待着消息。

林佳一越等越急，眼泪止不住地往下流。

天开始破晓，晨间的白雾布满天空，像是为这个世界披上一层神秘的面纱。

林佳一就是在这样的朦胧天光之下，看见一个熟悉的身影，靠在一辆警车旁边，静静地抽着烟，橘红色星光忽明忽暗。

林佳一目不转睛地盯着前方，然后向那人走去。

还没看清脸，她已经先一步抱住了那人。

“浑蛋。”她哭着说。

那人扔了烟，反手把她搂在怀里，竟然还一脸欠揍地说：“想我了？”

“你为什么不接电话？”她抽着鼻子。

“弄丢了。”

“那你去哪儿了？”

“帮忙去了。”李昀言简意赅，笑着反问，“你忘记我以前可是当过兵的。”

“德行。”她又哭又笑地骂他。

事情发生的时候，李昀正坐在开发商的办公室开着会，开会地点与第一事发现场有很远的距离，所以很多人都安全地撤离了，但是他没有离开。

也许是当兵那两年早已经根深蒂固的军人思想在影响他，他不能做到事不关己、置身事外，所以便投身到这场救援里。

至于手机，早在一片混乱中丢失了。

这也就造成，林佳一根本联系不上他。

李昀还是受了点儿小伤，手被割破了一道又深又长的口子，虽然已经不流血了，但是血迹凝固成一条暗红色的印记，触目惊心。

林佳一通知赵糖找到了人，便带着李昀先走一步。路过高速公路一个服务区的时候，林佳一停下车，买了消毒水和纱布。

她用蘸了消毒水的纸巾细细地擦着李昀的手，把那些沾染着灰尘的血迹擦干净，然后又把纱布一圈一圈地缠上他的手掌。

不知道是不是那种担惊受怕的情绪压抑太久了，她一边缠着纱布，一边忍不住红了眼。

李昀伸出另一只手去擦她脸颊上的眼泪，小声说道："哭什么，我不是没事吗？"

林佳一根本收不住眼泪，继续认真地替他包扎，略带倔强地说："你别管我。"

李昀黑色的眼睛盯着她，顿时觉得有些好笑又有些心疼。

好笑的是，林佳一这副小媳妇闹别扭的模样看得人心痒痒；心疼的是，这么多年了，眼前的人是真心实意地在为他担心。

白雾散尽后，是迎面而来的朝阳。

车内阳光大好，林佳一坐在驾驶座，李昀坐在副驾驶座，射进来的阳光照着林佳一半边脸颊，碎发被眼泪弄湿聚成一团。

有一片羽毛在李昀的心房上轻轻扫着，微痒。

林佳一撕开纱布，把裂成两半的纱布的其中一半换了个方向绕在李昀的手掌上，最后系上一个还算比较牢固的结。

她嘴上念叨着：“先简单处理一下，等回到榕城先去医院，我清理得不够干净，回头为避免感染还是要打一针破伤风……唔……”

她被这突如其来的吻吓到了，睁着眼睛哼唧了两声，然后用手掌轻轻推了推男人的肩膀。

李昀不为所动，闭着眼全身心地投入到这个亲吻里。

林佳一自知抗拒不了，最后还是乖乖地闭上眼睛。

李昀这一次的亲吻很霸道，比以往任何一次都霸道，她有那么一秒甚至怀疑，这还是她认识的李昀吗？

她完全失去了理智，开始慢慢地回应他。

她迷迷糊糊之间想着，如果这世界上有一个可以让她心甘情愿与他唇齿相依的人，那么这个人毋庸置疑是面前的人。

她想到十几个小时之前刚得知深城出事时那种惊慌失措的感觉，她完全不敢想象如果李昀真出了什么事，她要怎么面对。

有些人，一旦出现，便再也放不下了。

放在身侧的手机不合时宜地响了起来，林佳一短暂地找回理智，半睁着眼睛想去摸手机。不知道是不是自己的错觉，她感觉到李昀覆在她后脑勺的手加大了力度，然后更用力地加深了这个不依不饶的亲吻。

“唔……唔……李……”她开始尝试躲开他炙热的温度，“手……手机……”

李昀充耳不闻，未受伤的手抚上她左侧的脸颊，轻轻抚摸那处烫热的肌肤。

两人在车里一边推搡一边亲吻，不知是哪一下子，手机被不小心的触碰而接通了。

林森如海啸一般的声音隔着电流而来：“佳一，你在哪儿呢？”

5

“你在哪儿呢？”电话那头的林森显然有些着急。

林佳一用余光偷瞄一下身侧的人，脸又红又烫，如果不是无意接通了电话，李昀着实是没打算这么轻易放过她的。她抿一下唇，回味嘴唇留下的味道，还依旧非常清晰，她声音微微有点颤抖和沙哑。

“我……我……”她还没想好理由解释。

林森已经不耐烦，解释道：“你快点回来。你昨晚夜不归宿，还把老爸的车给偷开走了，今天早上我接到老爸的电话，我都快吓死了。”

“我这么大人了，能出什么事啊？”她下意识躲开李昀炙热的目光，把脸对着车窗，然后对林森说，“你先帮我跟老爸说一声我没事，我稍微晚一点回家。”

“你还晚点回家？你不知道老爸以为是我教唆你的，今早我在值班室接到老爸电话，你知道我有多冤枉吗？”林森很郁闷，“你快点……”“回来”两个字还没说出口,林佳一受不了他继续叽歪下去了，无情地挂断了电话。

林森茫然看着已经忙音的手机，抓耳挠腮，心中哀号，这都什么事啊，他还要替这个不省心的妹妹去接受父亲大人的审判。

“我们赶紧回去吧。”林佳一收了电话,没敢去看李昀,直接挂了挡，准备发动车子。

“好。”他说，眼中的笑意仿若星辰大海。

林佳一先是带李昀到附近的医院处理伤口。伤口虽然不长，但是有些深，之前缠的纱布早就被渗出的鲜血染红，为了安全起见还是要打一针破伤风，然后再挂一瓶盐水。林佳一在旁边陪着他，这期间衣服兜里的手机已经无数次叫嚣，她都不予理睬，最后甚至卸了电池。

她知道，无非就是林森或者父亲打来催她赶快回家的。

为了不让李昀有心理负担，所有的一切还是等回家一起解决吧。

李昀也察觉到了，不过他没有当面说，只是默不作声地坐在那儿。因为以他对林佳一的了解，傻丫头其实骨子里倔得很，一旦认定的事，不管怎么劝说都没用，与其进行口舌之争，还不如先顺着她。

从医院出来已是晌午，林佳一送李昀回家，车停在小区楼下，她表面再淡定，心里还是有些着急，毕竟她知道即将面对的是一场怎样的风暴。

“最近不要沾水，回家之后就直接休息，不许工作。”林佳一把装药的袋子递给他，“我就不送你上去了，家里还有点事情，晚上我过

来帮你喂猫。”

她说完，还笑了一下。

李昀盯着她，心中动容，然后偏过头，在她脸蛋上轻轻亲了一下，李昀嘴唇印在脸上的触感很深刻，有种灼烧的温度。

“有事打电话给我。”李昀说。

他一向不喜欢把事情展开了说，他明白林佳一回家少不了一顿批评，毕竟对于一个书香世家来说，一个女孩子大半夜偷父亲的车跑出去不说，竟然还夜不归宿，实在不太挂得住面。

林教授说到底也是个体面人。

所以李昀说“解决不了就找我”，这事往大了说，不过是一个“千里寻夫”。只要林佳一愿意，他能出面解决所有的事情。

“嗯。”林佳一害羞地点点头。

林佳一刚进家门，就感受到与平时不一样的气氛，有种降到零度的冰冷。

林父虽然不苟言笑，但是性情温和，从小到大也没怎么打过他们兄妹俩。不过，小时候林森淘气，和一群半大小伙子扔石子把人家窗户玻璃打碎了，被林父罚跪了一晚上，还不准吃饭。

所以从那以后，两兄妹就算再怎么爱玩爱闹，也绝不触碰林父的底线。

因为那底线就代表着最后的宽容。

“佳一，跟我进书房。”林父绷着脸。

一个家庭里，父母在孩子面前总会有一个唱红脸一个唱白脸的，林父一直都是扮演唱白脸的那个角色，如今这是要唱红脸了。

“爸，佳一都这么大了……”林森试图插嘴。

林父大怒：“你给我闭嘴！若不是有你这么个浑蛋哥哥，她能这样吗？”

林森消停了。

“跟我进来。”林父睨了一眼林佳一。

林佳一默不作声地跟进了书房。

书房里是万年不变的书香气息，空气里飘浮着淡淡的油墨香气。

“说吧，到底怎么回事？”林父坐在书桌前的椅子，淡淡地开口。

“我……我去接个朋友。”林佳一支支吾吾地回答道。

林父叹了口气：“佳一，从小到大，林森和你，你永远是让我省心的那一个，你是个女孩子，所以我们把你保护得很好。”

林佳一低着头。

林父接着说：“深城事件你不是没看到，你大晚上偷开我的车跑出去，而且一晚上都没回来，你有没有想过家人会为你担心？”

话已至此，林佳一心虚地低下头，她恍惚间意识到自己错在哪儿了。她不是错在夜不归宿，不是错在偷开车跑出去，她错在做事情不顾后果，让家人为她担心。

这是一种情感上的错误。

“爸……”她的嘴张张合合，最终叫出一个颤音。

“你去接的，到底是什么人？”林父目光柔和下来，问道。

“是……”她还没准备好要把自己恋爱的事情说出来，她脑中突然想到和李昀临别时他说的那句话，心里立马有了清晰的方向，“是我男朋友。”

“是上次来咱们家的那个？”林父一点也不吃惊，反而有种早就洞察天机的直觉。

“是。”她小声回答。

“什么时间得了空，带他来见见我。”林父说。

“嗯。”

“你出去吧，折腾一晚上了，好好休息休息。”林父强调，“最近不许偷开我的车了，让我知道我打断你的腿。”

林佳一暗暗吐舌头，她知道她的腿算是保住了。

林森第一千零一次打量正坐在床上擦头发的人，用一种不敢置信的目光扫来扫去。

“爸真的就没再说什么了？”林森还是不敢相信，几个小时脸都快绷成弦的父亲，竟然就这么轻易放过了林佳一。

林森说：“我还以为你会成为跪在书房的‘第二继承人’呢？”

林佳一用湿漉漉的毛巾抽了林森一下。

“你这是要谋杀你亲哥啊。”林森躲开了攻击，“快和我说说，你到底怎么把父亲大人哄好的？我回家的时候，老爸的表情别提多难看了，又气又急。”

林佳一擦着头发，心里不是滋味，老爸一定是为她担心一个晚上了吧，她真是做错了，竟然让家人为自己这么担心。

这世界上最不该考验的感情就是亲情，因为它是由骨血而生的。

“我和老爸说了我和李昀的关系。”她说。

林森恍然大悟："你这招以退为进用得妙啊。"

林佳一懒得搭理他，然后斜视着他问："你知道我去深城找李昀，你怎么都不担心我呢？"

林森笑了笑:"那家伙可是当过兵的,有他在,我知道你一定没事。"

林佳一突然想到，其实李昀就是这样的存在，能给身边的人带来无穷无尽的力量和笃定。

"哥。"林佳一叫他。

"怎么了？"

"我想我不会再这样喜欢一个人了。"她说。

永远都不会了。

Chapter 09 我是来喂猫的，顺便喂你

1

日落西山，天边最后一点橘红色的余光也散尽，李昀坐在落地窗前的书桌前闭目养神，手掌上偶尔隐隐作痛的感觉提醒着他这将近二十四小时内发生的所有事情。

这一刻他的脑子里全是林佳一的模样，她哭的样子，为自己惊慌失措的模样，以及抱住自己时她身体的温度，几乎是在他身上和脑海里无限徘徊，经久不散。

理查德·耶茨说："人生来就是孤独的。"

他的感情向来是孤独的，他的人生也是孤独的。

可就是这样一个人，带着阳光和温度，穿破云海和明月，就这样落在了他的身旁。

"喵！"

一道细软又黏腻的叫声唤醒了他陷入沉思的大脑，他睁开沉重且酸涩的双眼，夜幕已经悄然降临。

"喵！"

又是一道细软的叫声。

李昀低下头，看见毛茸茸的小身子在他脚边蹭来蹭去，这表明它饿了，正在向主人讨要食物。

李昀把幼猫整个抱起来，他用手指蹭了蹭猫咪的头，心想，她应该不会过来了。

正准备起身去拿猫粮，这时传来轻轻的敲门声。

他抱着猫去开门，林佳一拎着两大袋子的食物站在门口，冲他笑。

她说："我来喂猫的。"末了提了提袋子，又说，"顺便喂你。"

猫咪吃饱之后，连续发出几道满足的叫声，然后倒在窝里睡着了。

李昀的厨房几乎是新的，他自己从来不做饭。林佳一只会做几个家庭小炒，还是上大学的那段时间放假无聊在家跟着母亲学的，虽然没有多美味，但好在能吃。

"你给它起名字了吗？"林佳一咬着筷子看了看已经倒头就睡的猫，又看了看筷子都拿不利索的人，然后把勺子递给他，"用这个吧。"

“你给起吧。”李昀接过勺子说。

林佳一咬着筷子认真想了想：“叫冬菇吧，好不好听？”

“好听。”李昀看着她满是期待的眼睛肯定道，然后顿了一下问，“你父母说什么了吗？”

林佳一抿了一下嘴，说话变得吞吞吐吐的。

李昀见她不对劲，放下勺子，呼吸都紧张了起来：“怎么了吗？”

“我和我爸说……说我和你谈恋爱的事情了。”她说完，竟然有点不好意思了。两人确定关系也有一段日子了，但是每次她都经受不住李昀看她的目光。

“要见家长了吗？”李昀笑着问。

“不……不是……没那么快的。”她连忙摆手，声音越来越小。

李昀放下勺子，那只裹着纱布的手向她探过来，然后隔着饭桌握住了林佳一的手，自己抬起身子往前倾去，蜻蜓点水一般在对方的唇上亲了一下。

“你……你干吗？”她脸发烫，嘴唇都在轻微颤抖。

两人的脸依旧贴得很近，李昀闭着眼，回味刚刚亲吻后的余韵。

“带我回家吧。”李昀垂着眼眸，睫毛轻微刮着她额头，轻声说，“什么时候都行。”

赵糖跟进的娱乐组的项目启动迫在眉睫，本来她以为自己胡乱写的提案就算交上去也不会通过，破天荒的是，以西点为主题的提案竟然通过了。

娱乐组的姑娘都很期待这一次的实体考察，当外勤组说明已经联系好对方店主的时候，赵糖听见自己心里的弦“砰”的一声断了。

她要去面对陈禾了，还是以一种工作的方式面对，这让她感觉很难受。

“本来对方并不是很愿意，但是我们尝试联系了这个店的主要责任人，是一对中年夫妻，和他们沟通之后，他们答应了这一次的采访。”外勤同事兴奋地传达消息。

赵糖本来想找个由头躲过去，却被主编劝说。

大致意思是说这次采访的文案和素材都是她准备的，所以作为主要参与人员，不能缺席。

既然躲不过，最终只能还是硬着头皮决定去了，她心里祈祷那天最好陈禾外出送货，不在店里。

那天，赵糖跟着大部队一起前往有家西点。

店员看见她就笑脸相迎地打招呼，但是因为是工作时间，两人没有像往常一样凑在一起聊天。

采访很愉快很顺利，赵糖站在最后面听着自己撰写的采访问题，心中不免有些感怀。这些问题都是她日日夜夜想着陈禾的样子写出来的，是她想问他的。

采访结束后，陈氏夫妇还给每人赠送了一块店内最新推出的甜点单品。

“这个太好吃了。”有女同事兴奋地称赞道。

陈母笑道:“这店现在主要是我儿子在打理，新品也都是他设计的，我们老两口现在都是退休状态了。”

“您儿子一定很优秀吧。”

“还行，就是性格闷了点儿。”

赵糖一边听着，一边低下头，手里的蛋糕突然变得沉甸甸的，那黑色的巧克力夹层在口中弥漫开，有一种陌生的苦涩。

“欢迎光临！”

店内的自动迎宾声控响起。

陈禾推着空荡的送货车归来，一屋子的人都被这动静吸引了注意力。

赵糖看着不远处的陈禾，明明是那么熟悉的脸，可是为何又感觉那么陌生。

他显然也注意到了站在人堆里的赵糖，只是目光一顿，然后躲闪开，没说一句话，只身走进了厨房。

他们曾经站得那么近，只有一个转身的距离，如今依旧站得那么近，而他却是转身离开。

赵糖低头看着手里的蛋糕，却再也没有胃口吃下一口。

2

深城的事情已经过去半月有余。

李昀的手伤虽然没有完全愈合，但正常工作是没有问题的，不过林佳一还是按时按点地催促他去医院复查，每次换药一定要亲自来，用她的话来说就是，李昀一定会怎么糊弄怎么来。

拆线的那天，林佳一特意请了假去设计院把李昀给抓出来的，强制性押去了医院。当时李昀正在办公大厅和同事简单讨论有关深城那个项目后续的处理办法，她就这么闯进来把李昀拉走了，惹得在场的同事啼笑皆非，打趣道李昀有个霸道的小女友。

为了方便快捷，林佳一直接去找了林森。

创伤缝合室内，林森拿着手术钳子正一根一根拆着线。

伤口还没有彻底愈合，插线时有轻微的疼痛感，林森下手不轻，惹得李昀本能地皱眉“嘶”了一声。

“哥，你轻点儿。”林佳一嘱咐道。

林森埋怨地斜视她：“我是专业的。”

“可是他都疼了。”林佳一盯着李昀的手。

林森“啪”地把手术钳放在消毒器皿里，一脸“爱谁谁”的模样：“老子不干了。”

他抬眼瞪着面前两人：“我说你俩有完没完，这就是个小破伤口，又死不了，至于吗？”

林佳一也自觉闭了嘴，突然意识到自己的确是有点小题大做了，但是这的确不能怪她，她看见李昀皱眉吃痛的样子，她心疼啊。

李昀忍不住笑出了声音。

“你笑什么笑？”林森埋怨道，“就是因为你，我这亲哥在她那儿都没有地位了。”

“本来就没有地位。”林佳一小声嘟囔一声。

“你说什么？”林森的大嗓门上来了。

“哥，哥，哥，咱别生气了。”林佳一见好就收，从小到大在林森面前各种不要脸的事情都干过，低头示好简直就是手到擒来，“先拆线，先拆线。”

“去，给我买杯咖啡去。”林森袖子一抻，开始摆起谱来。

“好，您老先拆线，我这就给您买去。”

“我要星巴克的，别随便买瓶装的糊弄我。”林森强调。

林佳一脸上虽是笑着的，心里早就骂了林森好几遍了，带着满腹腹诽，去买咖啡。

李昀嘴角一直带着笑意。

林森重新拿起手术钳拆线：“收起你得意的笑容。”

“你就不能不欺负她？”李昀说。

林森无奈道：“拜托，那小祖宗不欺负我就不错了。”

李昀笑，没说话。

“哎，对了，你最近和陈禾联系了没？”林森突然想起上次的事情。他一直没有联系上陈禾，去店里找过他一次，但是人却不在店铺里，后来医院的事情太多了，人一忙起来，事就记不住了。

算起来，上次的事情过去有半个多月了，不知道那小子现在怎么样了？

“没联系。”李昀说。

林森面色有些沉重，李昀敏感察觉出什么。

“是不是出了什么事情？”李昀微微皱眉。

林森一边拆线，一边把赵糖的事情和他说了。

李昀眉头的痕迹越来越重，那支被赵糖摔碎的黑色陶笛，其实是赵婷的。

如今没了，也就相当于陈禾最后一点物质念想都没了。

这对于一个困守在回忆里的人来说是一种谋杀。

“我晚上去看看他。”李昀抽回自己的手。

“一起去吧。”林森也担心。

“好。”

“我今天不过去陪你了。”出了医院，林佳一对李昀说。刚才买咖啡的时候她接到了赵糖的电话，她想去店里找陈禾为上次的事情好好谈一谈，可她还是心有余悸，林佳一主动说陪她去，这才让她下定决心。

李昀轻柔抚摸着她的头发，问道："不帮我喂猫了？"潜台词是你今天不投喂我了？自从李昀手受伤后，都是林佳一照看他吃饭和生活的琐碎事情，美其名曰是来喂猫的，其实就是来喂人的。

李昀加班是常事，他每次进小区的时候都能看到自家的灯是亮着的，回到家不是看到林佳一在厨房忙来忙去，就是躺在沙发上撸猫。

最近一次他回家的时候看见林佳一睡在自己的床铺上，房间里只开了一盏壁灯，光线柔软得不像话，他坐在床边静静看着已经睡着的人，然后又低下头亲了亲她的额头。

心里那方经过经年累月才堆积的城墙，彻底倒塌了。

林佳一脸红，避开他那只受伤的手搂住李昀的腰身，她现在做这些撒娇的动作越来越熟练了。

“我就少喂一天还不行吗？”她说着用脸在他的胸膛上蹭了蹭。

李昀笑，心想，怎么不行，只要是你，什么都行。

赵糖和林佳一约在了十字街口，再过一条街就是有家西点。

“你先别想那么多，说不定陈禾自己想开了呢，上次不过是一时情急才会凶你的。”两人手挽着手，林佳一劝说道。

话是这么说，可是赵糖一想到那天陈禾的语气和眼神，心里就非常不舒服，那种感觉就像沉睡已久的洪水猛兽，终于在惊蛰之夜复苏重生般可怕。还有那次采访时见面的冷漠，几乎就是硬生生断了两人之间唯一的一点热络。

“话说清楚就好。”林佳一抓着赵糖的手安慰道，“不用考虑太多结果。”

两人就这么边走边聊，就在快到有家西点的时候，迎面而来的是两个熟悉的身影，林佳一甚至以为自己看错了。

李昀和林森没有看见刚转弯过来的她们，直接走进了店铺。

他们怎么来了？

两人揣着满肚子的怀疑走进了店铺。店员不在，有家西点今日从中午开始挂牌停业半日，后厨和前厅只隔着一层薄薄的门帘，如果不是平时陈禾太过安静，又把音乐的声音调到最低，其实里面有任何动静都能听得一清二楚。

过堂风吹起了门帘。

林佳一很清晰地听到了李昀的声音。

“你没事吧？”

过了足足有好几秒，陈禾略带颓废的声音才响起：“没事。”

“你这个样子我真看不出没事来。”林森说，“事情我们都知道了，我知道那东西对你很重要，但是小糖的确不是故意的，你对一个女孩子做出这种态度是不是有些过分了？”

陈禾声音隐忍痛苦：“我忍不住……当时我是真的没忍住。”他不想的，他也后悔了。

只要一想到赵婷留给他的东西他没有保护好，他就深深自责。

有打火机的声音响起。

林佳一甚至可以想到李昀的模样，表情淡淡的。

“陈禾。”李昀淡淡道，“放下赵婷吧。”

赵婷是谁？

这是林佳一和赵糖脑子里第一个蹦出来的念头。

这个陌生的名字似乎牵涉了很多重要的事情。

“我做不到。”陈禾情绪有了起伏，“李昀，你知道的，我做不到。”这种念头他想都不敢想，便直接否定了。

“你没试过，怎么知道自己做不到？”李昀不屑地笑了一声。

“那你呢？”陈禾激动地问，“你做得到吗？”他用最不想面对的事实来反问他，“你能放得下她吗？你别忘了，当年你宁可休学也要离开榕城的原因是什么。”

长时间的安静，几乎听不见人的呼吸声。

薄薄的门帘隔着的两个世界，开始翻天覆地的变化。

李昀没有正面回答，而是说：“哪个男人心里没有过一个白月光？陈禾，你不用这样逼问我，不管你说多少次，事实是改变不了的，但是你也该认清自己了。”

林佳一站在外面，李昀说的一字一句全部嵌入了她的心脏。

原来他喜欢的人是陈禾的女朋友。

原来他当年当兵是为了躲避感情的风暴。

原来李昀心头竟然一直存在着一个白月光。

林森见不得两人言语上的纠缠，连忙出面：“赵婷都走了这么长时间了，陈禾你现在这种样子，是她希望见到的吗？”

“我不知道，可是我放不下。”陈禾攥着手中早已经破裂的黑色陶笛碎片。

“我真是懒得理你们。”林森说着，便伸手撩起门帘准备出去。

林佳一站在外面，先对上的是林森惊慌失措的脸，然后是李昀深不见底的眼睛。

“佳一，你怎么在这儿？”林森几乎是一瞬间就怕了，他害怕她听见李昀刚才那番模棱两可的说辞。

“我……我来……”她看着里面的李昀，竟然开不了口。

为什么明明几个小时之前两人还是那么亲密，如今只有几步之遥，却觉得隔山远海。

为什么？

“我先走了。”林佳一跑了。

“佳一。”林森喊她，看了一眼李昀，也顾不得其他了，追了上去。

她还是跑了，犹如一个逃兵。

3

林佳一终于明白当日林森说的那番话了，赵糖的确不适合陈禾，因为活着的人是永远比不过已经死去的人。

那她呢？

她适合李昀吗？

没有答案，也找不出答案。

她陷入了一个死圈，暂时找不到出路。

手机上全是李昀的未接来电，她只是瞅了瞅，没接。

她并不是在耍感情上的脾气，或者说，她是不敢接，不知道怎么去面对他以前有一段那么美好的感情。

而她，可能配不上。

或许，归根结底，还是她一直以来的自卑在作祟。

而那美好的假象，终于还是被撕裂了一个口子，露出了本来的面目。这个世界上最悲哀的事情，不是被别人欺骗，而是自己骗自己。

“咚咚咚！”

有人敲她房门，林森轻手轻脚推开卧室的门。

“佳一。”他喊。

“哥，你今天不值班吗？”林佳一问。

桌子上的手机屏幕依旧亮着，李昀的名字闪了又闪，林森余光瞟了一眼，回答说：“今天调休。”

“哥。”她低着头，喊林森的时候都透着一股难以抑制的低落。

林森坐在她身边，将人搂在怀里，大手摸着她的头，然后轻轻拍了拍。

这个时候再多的言语都是无用之物，林森了解李昀，更了解林佳一。李昀说的那些话自然是出自真心，他也的确相信李昀对佳一的心意。因为按照李昀的个性，他如果没有真正放下赵婷，也许他会招惹别人，但是绝对不会给人承诺。

相反，林佳一只是一时接受不了事实，李昀对她而言是一种力量和笃定般的存在，而如今知道这股力量曾经为别人那么疯狂过，换作任何一个人都需要时间去缓冲。

卧室里是良久的寂静。

“哥。”许是良久未说话，她声音有些哑。

“嗯？”林森搂着她的那只手轻轻抚着她的头发。

“你能告诉我她是一个什么样的女生吗？”林佳一问。

林佳一很好奇，到底是一个怎样的女生可以让陈禾为她苦守多年，到底是拥有何等的魅力才会让李昀那么不修边幅的人也如此念念不忘。

林森陷入回忆里，眼神也开始变得悠远而深长。

林森记得初见赵婷的时候是他们医学系的一场聚餐，陈禾带着赵婷前来参加。

那姑娘长得不算漂亮，可是身上总有一种黏人的亲和力，让人忍不住想去靠近。

赵婷是侗族人，皮肤黝黑，可是那双大眼睛炯炯有神，像是能看到人心里去。

参加聚餐的人大部分都是男性，赵婷就坐在陈禾旁边，安静地帮他夹菜，帮他剥橘子，然后一声不响地搂住陈禾的胳膊，一晚上都没有松开。

他能看出来，她是真的喜欢陈禾，是那种刻到骨子里的喜欢。

他曾经无意撞见过有其他院系的男生向赵婷表白，她毫不拖泥带水地拒绝了那个男生,并且一再强调她已经有男朋友了,并且非常喜欢。

有时候他会想，赵婷之所以会对自己和李昀的态度与别人不同，是因为陈禾。

后来，他和李昀一样，默默地对这个姑娘上了心，不过他从没有表露出一点儿蛛丝马迹。

但是，每次聚餐的时候他都希望陈禾可以带着她，只是为了多看她几眼。

在这场四人追逐的感情戏码里，李昀还算得上是一个配角，而他只是一个龙套。

后来，赵婷被检查出白血病，李昀那时已经在部队了。陈禾几乎每天守在医院，精神和身体几乎接近崩溃的边缘，而他除了每天跑骨髓捐赠中心基本无心管其他事情。

研究生第二年，陈禾和他一边忙活学业，一边照顾还在医院等待骨髓的赵婷。即使过了这么多年，他依旧记得那天天气好得出奇，天空碧空如洗，白云聚散如昔。

医院那边传来了病危噩耗，陈禾和他连忙向导师请了假，在去医院的路上接到了赵婷的死亡通知。

那一刻，不仅是陈禾的世界崩塌了，就连他也被那支离破碎的瓦片砸得头破血流……

这是一个漫长又伤感的故事，林森本不愿再想起，那些残破的往事说出来，依旧像一把刀子割破了心脏。

“她是怎么死的？”林佳一挣开林森的怀抱，抬头问。

林森垂着目光，声音哽咽地说出三个字：“白血病。”

“所以陈禾才会放弃学业，变成现在的样子。李昀宁愿远走他乡，也不愿再回来？”林佳一听见自己的声音在颤抖。

林森忍着鼻腔中的酸涩“嗯”了一声。

林佳一哭累了睡着了，憋了这么久的情绪发泄出来后，身体便变得疲累。

桌子上的手机已经反反复复亮了一晚上了，林森起身去拿起手机，按下了接通键。

“佳一？”李昀不敢置信地问了一句。

“是我。”

“她怎么样了？”李昀淡淡地问。

“哭累了，睡着了。”林森同样淡淡地回答。

李昀面对林森的时候是有些愧疚的，他曾信誓旦旦地说明自己的心意，如今却挽回不了局面。

“木头。”良久，他叫了林森一声。

林森自然心照不宣地知道他想说什么：“这不怪你。”他相信李昀说的承诺，可是那些曾经毕竟也是事实。

就像李昀说的，哪个男人心里没有一个白月光存在过，你可以把它放下，却不能否认曾经被它照耀过的事实。

“给她点儿时间吧，她会自己想通的，佳一是个懂事的姑娘。”林森说。

“嗯。”李昀答应着，便挂断了电话。

夜色浓重得如墨汁一般浓稠，“冬菇”睡饱了，开始起夜活动，在地上乱窜，还时不时发出细软的叫声。

李昀站在落地窗前点了根烟，右手上的纱布在拆线之后还没来得及换新的，已经有淡淡的血印透过薄薄的纱网。

他突然间看见一双黑亮的大眼睛，然后眼前像是被白雾笼罩一样，有那么片刻的迷茫，随后白雾散尽，露出一双满带笑意的眼睛，那目光里有钦慕和心疼。

与林佳一看他时的目光一模一样。

4

生活的重心除了爱情和家庭，那就是工作。

赵糖和林佳一就像约定好了一般，双双把那天的事情全部抛之脑后，两人上班的时候尽情地工作，下了班便约在一起购物吃饭。

关于赵婷的事情，林佳一全部告诉了赵糖，至于之后赵糖会做什么样的决定，全凭她自己。

旁观者再清，也不是做决定的人。

何况，她和李昀的事情，还没有得到解决，两人之间的关系倒是不像分手，反而是一种长久的冷战。李昀没有来找她哄她，因为她知道他做不出来这种事情，但是每天晚上都会收到他的晚安短信，没有过多的求和解的言辞，只是简单的一句话。

他说：冬菇想你了，晚安。

就这样忙忙碌碌地过着，时间过去了大半个月。

林森最近有一台非常重要的手术需要跟进，据说这个病人曾有过一次心脏衰竭的情况，为此外科室特地开了一次紧急会议讨论这个病人的治疗方案。

主任拿着病历说：“这个病人需要尽快手术，不能再进行药物的保守治疗，时间拖得越久，他的心脏功能就会下降得越快。”

季教授反对：“这个病人有过在长时间手术中心脏因为支撑不住而造成术中心脏衰竭的过往案例，如果现在这个时候贸然做手术，成功的概率只有五成。”

一半的成功概率，其实也就是二选一的命运。

主任依旧坚持己见：“综合而言，手术对于病人来讲，有成功的机会，药物保守治疗只会拖时间。”

季教授哼道：“主任，我看是您是另有所图吧。”

主任：“你……”

外科室的两大领军人在你一言我一句地为此争辩，其他医生只能默默地听着，林森看着两人都气得开始红了的脖子，默默摇了摇头。

其实季教授说得没错，主任最近在外科室的势头不是很稳，需要借助一台手术来赢得更多的支持。毕竟他在医院混了这么多年，无论是实际操刀还是医学理论，都是在榕城医院里有口碑的存在。

可是季教授怎么可能给他这个机会。

两人明里暗里较劲了这么久，终究是没有分出个胜负。

主任说："这次手术，我准备让林森当我的副手，他目前是外科室缝合技术最快的医生，而且一旦手术中途出现出血等意外情况，林森也会协助我，手术的成功概率也就会更大一些。"

突然被点名，林森一下子变得万众瞩目。

季教授不屑道："林森的实战经验怕是支撑不起这么一场手术吧。"

林森心里突然觉得有些悲凉，他看着季教授，一想到他曾经尊敬的老师如今用这番嘲讽的语气来否定他，他就难受。

他依稀想起，当年刚刚考上研究生的时候，他被季教授选中成为关门弟子，在榕大的教室里和他说："你知道我为什么会选择你吗？"

林森摇头说不知。

季教授："因为你很优秀，比我想象中的还要优秀。"

当年的赏识，如今都成了笑话。

"这场手术不是主任一个人就可以定下人员，要考虑综合能力，同时也要向院长报备一下吧。"季教授不依不饶。

主任不服："林森的能力是大家有目共睹的。"

"主任。"就在两人争执不下的时候，林森突然喊了一声。

所有人的目光全向他投过去。

"主任，我会做好术前准备，您请放心。"林森无视那些目光，甚至无视了季教授锁在他身上略带怒意的眼神，从容不迫地说道。

林森说的话基本已经定了结局，只要主任和院长报备一下手术人员的名单，自认就没有任何的问题。

经验老到的主刀，手法娴熟的助手，在这场手术里缺一不可。

季教授的办公室。

“你这是存心要和我作对是吗？”季教授握着茶杯的手在颤抖，他咬牙切齿地说，“你可别忘了你是谁教出来的学生，现在这是要胳膊肘向外拐了是吗？”

自从上次林森同时拒绝了两位老师的邀请之后，他在外科室的日子其实并不好过，好几台本来是他负责的手术都被两边安插的人临时取代。

其实这些事他也不是特别在乎，不管是谁来管，最终的目的都是治好病人。

他在乎的是，为什么病人成了他们科室里争权夺政的手段？为什么披上这身白大褂的人却不能只是单纯拥有一颗救人的心？

是他错了吗？

还是事实本来就是这样，只是他自己认不清。

“老师，您冷静点儿。”林森劝道，“小心身体。”

季教授平复一下气息，闭着眼说道：“林森，老师需要你一个合理的解释。你不是明明不参与这样的事情，为何突然倒戈相向对付我？”

“我没有要对付您的意思。”林森说。

“那……那你为何？”林森几乎是这场手术里重要的操刀人员，因为这场手术是在与时间赛跑，要避免患者在术中出现心脏衰竭的情况，必须迅速进行切除和缝合。

“您应该知道是为什么的。”他只是想救一个本应该可以活下来的人而已。

“这场手术结束后，我会离开外科。”林森声音有些哽咽，艰难地说道。

“你……”季教授的眼睛里盛满了惊讶和无措。他怎么也想不到自己的所作所为竟然会逼走自己的得意门生。

“您不用为难。”林森说，“其实是我自己不适合这里。”

办公室里良久的沉寂，有几缕阳光透过百叶窗的缝隙钻进来，带着微尘的气味，钻进敏感的鼻腔，与酸涩融为一体。

“没别的事我就先走了，老师您好好休息。”林森弯下腰身，向季教授鞠躬，低下头的那一瞬间他在想，也许这是最后一次作为学生向这个带他入门，悉心教导的老师表达敬意。

他转身离开办公室。

医院长长的走廊里有些阴凉，林森靠着墙壁，闭着眼睛，不知道在想什么。

有路过的护士向他打招呼，他只是微微睁开眼睛简单地点头示意。

外科的招牌依旧挂在那儿，经年洗礼也不会变。

人不断在思考一个想不通的问题，我们极力想要追求的东西，到底是否真的存在呢？

也许没有人能回答这个问题。

而自始至终，其实世界从来没有改变，改变的是人心。

5

林森主动申请去了急诊室。

急诊室是常年缺人的一个科室，在这里没有所谓的人员暗自争斗，只有每天奋战在一线的医护人员，在二十四个小时内为各种伤患进行第一手的治疗。

虽说这样的职业生涯与林森最初要成为心脏外科一把手的规划大相径庭，不过好在成全了他最初学医的初心。

在这里，救人才是第一使命。

虽然每天只会更累，更苦，可是他觉得对得起自己身上这身白大褂，对得起握在他手上的这把手术刀。

“行了。”林森剪断缝合的线，病人大腿上血迹斑斑，被医院的白炽灯一照，触目惊心，“记得过几天来医院拆线就行，这段时间记得上药，别碰水。”

这个患者的腿是被摩托车给轧伤的。

“医生，我真的不用住院吗？”那人看着自己的腿，哭丧着脸。

林森啼笑皆非：“不用啊，何况急诊室也没你住的地方。”急诊室的床位万年紧张。

“死不了。”林森看他还是哭丧着脸，安慰似的拍了拍他的头。

林森去换班，在更衣室换衣服的时候，接到了李昀的电话。

两人约在了林家附近的小公园见面，李昀拎着一打啤酒，两人已经好久没有聚在一起聊聊了。

“急诊室的生活不好受吧？”李昀问道，拉开啤酒罐上的拉环。

林森喫了一口马尿味道的液体，口腔被突如其来的刺激激得眯起了双眼。他咂摸一下嘴，然后说道：“那也比在外科舒坦。”

“你不后悔吗？”李昀喝之前先点了根烟。

“后悔？”林森自嘲，“现在不是我后不后悔的问题，而是这个世界上的生存守则我遵守不了，既然不能顺从，那就只能逃避。”

夜色给了两人充分闲聊的空间，把其他人隔绝在外。

“对了，佳一还和你闹脾气呢？”时间着急忙慌地过去，距离上次的“东窗事发”已经过去一个多月了。

“她还没有找我。”李昀眯着眼，吐了一口白雾。

立夏已过，空气中带有一丝炙热的潮气。

“那你作为男人就主动一点呗。”林森撇着嘴说。

李昀吸着烟，不说话。这一个多月他每天都发短信，虽说是一样的内容，却蕴含着潜台词。

冬菇想你了，晚安。

其实就是，我想你了，晚安。

“我怕她不愿意见我。”李昀沉默好久，才憋出这么一句话。

林森拍着大腿，幸灾乐祸道：“真没想到啊，你李昀也有被人降服的一天，我还真得好好另眼相看我这个好妹妹了。”

“你能不能说点儿人话。”李昀不耐烦道。

“得得得，我闭嘴。”林森不逗他了。林森知道李昀这心里也没多痛快，一个奔三的大老爷们儿，初恋香消玉殒，好不容易正经谈场恋爱，命运还要折腾他两下，钢铁的心也禁不住这么折腾。

“改天约出来把话说开就好了，佳一从小就这性子，直肠子，一通通到底。”林森良心建议，“她现在就是一个摸不清方向的一小屁孩儿，心挂在你身上了，却不知道你对她的心思到底是怎么样的，难免不会胡思乱想，给她点儿时间吧。”

李昀的声音被烟熏得有些哑，一根烟燃尽，他隐藏在黑夜的眼睛才眨了两下，最后“嗯”了一声。

林佳一刚看完作者发来的一篇稿子，准备直起腰去接杯水喝，屁股刚抬起来，手机屏幕就亮了。

依旧是连续一个多月都没有变过的内容。

“冬菇想你了，晚安。”

她看着屏幕，脸颊漾出浅淡的笑意。这一个多月来，她和李昀的联系几乎就是每晚他发过来的短信。

她不回，他依旧每天都发。

她知道，对于李昀来说，这就是最大的宠爱了，他不把话说得多么多么好看通透，可是做的事能让人暖到心里去。

她觉得两人的确应该见一面谈谈了，当初烧得她心里难受的那股劲，早随着这每天同样的甜言蜜语消失在银河之外了。

她指尖在屏幕上点了点。

“明天要不要一起吃个饭？”

她想了想又删除了，两人冷战了一个多月了，突然坐在一起吃饭会不会有些尴尬，李昀会不会觉得自己的小脾气耍得太久了。

她又敲出一行字。

“你有没有好好地喂冬菇？”

她刚准备发出去，末了又后悔了，把打好的那行字又删了。怎么着也算两人破冰的一句回应，只问冬菇是不是太草率了，万一李昀觉得她只关心冬菇不关心他怎么办？

她翻来覆去地写了又删，删了又写，最后一气之下连人带手机全都扔在床上了，她抱着被子郁闷，忍不住腹诽自己。

林佳一啊，你什么时候变得这么别别扭扭的了。

不行，直接一个电话打过去好了。

横竖都是一刀，还是干脆利落点好，再说本来就是李昀惹她的，她有什么不好意思的。

正准备一鼓作气地准备把电话打过去，这时她收到了赵糖的短信。

“佳一，我准备和陈禾彻底说清楚。”

Chapter 10 你能不能不放弃我？

1

赵糖和陈禾的事情已经拖拉了很久，与其说是把话说清楚，不如说是赵糖准备断了自己的念想。她从来不觉得陈禾是一个后知后觉的人，对于赵糖对他的情感，那个男人就算不给予回应，但是心里其实都明白。

爱情，就是这么不清不楚、不明不白的东西。

那天，赵糖给林佳一发过短信之后，第二天便去了有家西点。

厨房依旧是万年不变的黑暗，昏暗的灯光甚至都照不清楚人脸。

陈禾背对着她正在案台上揉面。

“陈禾。”她轻轻地叫他。阔别多日后的相见，竟然有一种隔着光年的陌生感。

他们多久没见了？

或者说，是以后都没必要见了吧。

本来就是自己一厢情愿的结果，这个男人从来没有给予过自己任何关于感情上的回馈。

“你来了。”陈禾的声音很颓废，同时有一种早已等待这一刻许久的淡然。

他在等她来。

然后，把一切都说清楚。

“能谈谈吗？”赵糖盯着他揉面的手发愣。

“嗯。”陈禾停下手里的动作，转身回头看她。

赵糖盯着眼前的男人，依旧是挡住眼睛的黑色刘海，依旧是毫无表情的脸，可她就是那么喜欢，控制不住地喜欢。

就这样想着想着，心中不禁泛起了酸涩，就连眼睛也起了雾。

“上次的事情，我一直没有机会向你道歉。”赵糖感觉自己的喉咙都是咸的，心尖不停颤抖，让人难以忍受，“我不知道那支黑色陶笛对你这么重要，如果我知道的话一定不会动的。”

“赵糖。”他站在黑暗中喊她，“我没怪你，你不用自责。”也许当时的确有一股难以抑制的怒火，可是事后冷静下来，其实他应该怪的人是自己才对，是自己没有保存好爱人的遗物。

“你……你能和我说一说她吗？”赵糖眨着眼睛看他。

陈禾那天的情绪出奇地平稳，是一种大海在经历波涛汹涌后死一般的寂静。

陈禾讲着他和赵婷的事情，讲两人小时候的嬉戏玩闹，讲那时在村子里的山涧清水和青木叠嶂，讲赵婷的坚韧倔强，讲他们之间刻骨铭心的爱情。

赵糖死死地盯着他。她发现陈禾在讲这些事情的时候，嘴角总会有意无意地弯起弧度，那挂在脸颊两侧的酒窝若隐若现。

原来他笑起来是这样的好看啊，她想，可是这笑容永远不会属于自己。

这一段故事讲得有些快，那么多年的人生用十几分钟就已经讲完了，赵糖多希望时间可以慢一点，再慢一点。

“今天正好做了草莓蛋糕，我去拿给你。”陈禾说。

“她是不是也很喜欢吃草莓蛋糕？”赵糖突然想起来，脱口而出。陈禾热衷做草莓蛋糕，其实是赵婷喜欢吃的吧，她怎么才想通呢？

怎么会那么傻？傻到蒙蔽自己的五官，眼睛只看着他，耳朵只听着他，就连心的方向也是指向他。

“嗯。”陈禾的声音很小，小到几乎听不到。

陈禾想错开她离开厨房去取蛋糕。

那一刻赵糖觉得如果她再不抓住他就真的没有机会了，她恍惚陷入一种生离死别中的悲欢离合。

她抓住了陈禾身上系着的围裙下摆。

陈禾没有回头。

两个人就这样静静地站着，许久没有说话。

良久，赵糖说：“我想问你一个问题。”她急迫地强调，“就一个问题。”

她的手指在抖，嘴唇在抖，甚至心房都在抖。

“你到底有没有喜欢我，哪怕只是一点点？”赵糖微微抬着头看着陈禾的侧脸，那双眼睛中隐藏的心思她永远都看不出来。

“我喜欢你，陈禾，从见你的第一面我就喜欢你了。我不奢望你会和我在一起，但是我就想确定一次，你对我到底有没有一点点心动？”她在陈禾默然的状态下胡言乱语了好多话。

陈禾闭着眼睛，有些隐忍。

他做了很长的思想斗争要不要回答赵糖，他无数次地问自己喜不喜欢眼前这个对自己朝思暮想的女孩儿。

答案是肯定的。

他喜欢赵糖，从她每一次兴高采烈地来找他，无时无刻不在身边陪着他开始，他就动心了。他甚至觉得自己是自私的，他不能完全放下赵婷，却又贪心赵糖的陪伴。

所以，在那支陶笛摔在地上破裂的那一天他就明白了，这是命运对他贪心的惩罚，他为自己制造的美梦，该醒了。

“有，我喜欢你……但是……”陈禾欲言又止，但是他不能完全放下赵婷，这样对谁都不公平。

“但是你心里不能没有她。”赵糖替他回答了。

这种感情，也许别人不懂，但是赵糖最懂，所以她不怪陈禾，甚

至同情陈禾。

“谢谢你。”赵糖松开他，没再看他，离开了。

这是一场告别，对两个人都是。

陈禾告别短暂的美梦，回到现实的折磨。

赵糖告别悸动的感情，回到最初的轨迹。

不过，还是谢谢你。赵糖一边走一边想，谢谢你给了我一次心动，也谢谢你给了我一个想要的答案。

谢谢你，喜欢过我。

不是相爱的人就一定要在一起，只要有过真挚的感情，无论未来是生是死，是分离还是相守，那都是最美的记忆。

一连多日阴雨的天气，突然乌云尽散，阳光钻出云层，洒向大地。

2

林佳一打电话来询问情况的时候，赵糖正蹲在路口哭，为了怕赵糖情绪失控，她只能赶紧来寻人。

花坛附近藏着一只可怜兮兮哭鼻子的“小野猫”，简直比冬菇还可怜。

林佳一也蹲了过去，双臂张开，直接把“小野猫”搂在怀里。

直到渐渐没了声音，林佳一才低头去扒拉她的脸，“小野猫”瞬间变成了一个“小花猫。”

“我带你先回家好不好啊？”林佳一轻声细语地哄劝。

“嗯。”浓浓的鼻音。

“你决定了？”林佳一不用猜，看她现在的样子就知道事情的结果是什么样了。

“舍得？”

“舍不得也得舍得。”

“可能他需要时间。”林佳一说这话自己都有点心虚。时间？陈禾消耗的时间难道还少吗？

“他是喜欢我的。”赵糖吸着鼻涕。就是因为这个答案，她才更难受。

“什么玩意儿？”林佳一眼睛瞪得和铜铃一样大。

“我说，他是喜欢我的。”

“那这算怎么回事啊？”林佳一破口大骂，“陈禾这个孬种。”

“你别这么说他。”赵糖的声音渐渐小了。

“我不骂他我骂谁，都现在这样了，你还护着他吗？”

“佳一，别人也许不懂陈禾的决定，但是我不能不懂。”赵糖眼中的泪水就没干过，她自嘲道，“我爸不就是最好的例子吗？”

林佳一哑然。

对啊，陈禾几乎就是赵父的翻版。

他们一开始就已经定下为爱情陪葬的誓言，而陪葬品就是他们的感情和未来。

“所以我不怪他，”赵糖说，“甚至同情他。我不后悔喜欢上他，虽然这过程真的像死过一回般痛苦。”

“别想了。”林佳一再次把她搂在怀里，安慰道，“你会值得更好的。”

“嗯。”赵糖情绪再次涌上心口，把哭声埋在了林佳一的怀里。

因为赵糖的事，林佳一推迟了和李昀和好的时间，她每天依旧可以收到李昀的短信。她看着那些短信，心口发甜，却没有贸然回复。她觉得既然是和好，还是找个天气好的日子，亲自登门比较靠谱。

这天，她准备去公司接赵糖，因为怕赵糖情绪不好一个人在家里胡思乱想，最近她都是主动接赵糖下班，再把这小祖宗接到家里用餐，活脱脱就是宫女伺候公主的架势。

谁让失恋的人最大呢，她就只能委屈委屈自己了。

言情小说里不是常说，命运就是个捉弄人的玩意儿嘛。

林佳一突然觉得这话说得还真有点道理。

在赵糖公司楼下等着，她无聊地随意张望，看见熟悉的身影就忍不住多看了两眼，结果她就看到李昀和一个长发红唇美女站在对面咖啡厅门口有说有笑。李昀脸上的表情虽然淡淡的，可是嘴角残留的笑意还是被她捕捉到了。

长发美女的身段很好，小皮裙，白衬衫，凹凸有致，要多妩媚有多妩媚。

她看见美女把手放在李昀的肩上拍了拍，李昀没有拒绝。

林佳一听到了自己牙齿磨动的声音。

赵糖下楼，拍了拍她的肩膀：“走吧。”

被拍的人没动，一直死死盯着一个方向，目光都快成一支锋利的箭射出去了，力道正好可以一箭穿心。

李昀显然也发现了异样的目光，眼睛往两人的方向瞟了一下，先是一愣，但是因为面前的美女一直在和他说话，他为自己刚刚的走神不好意思地笑了笑。

一条街道，人来车往，林佳一就这样盯着对面依旧帅气的男人，竟然移不开眼。

一辆大货车因为红灯停下，正好截断了两人的视线。

“我们走吧。”林佳一闷声说道，加快了脚步。

赵糖跟着她：“不过去打个招呼吗？”

“不用了。”林佳一低着头想，也没必要了。

绿灯，大货车开动离开，视线又恢复一片宽阔。

李昀总算应付完这个难缠的女人。其实这个女人是他老板包养的小情人，以前老板带出来见过两次，今天恰好碰见，碍于是顶头上司的枕边人，他还是假模假样地应付了两下，可是谁知道会被林佳一碰个正着。

他有多久没见她了？

真的惦念到心坎里去了。

车一走，李昀的视线着急地投到对面去，可除了一片高楼大厦，再也不见心上人的踪影。

晚饭后，林佳一就躲在房间里郁闷，有好几个作者在 QQ 上敲她，问她自己的稿子进度怎么样了，她简单回复了几个，脑子里不断地闪出今天看到的场景。那个女人的手在李昀的肩膀上拍来拍去，还咧着红唇笑得春风满面，眼里全是喜欢和勾引的意味。

最重要的是，李昀竟然没有拒绝。

QQ 一直在“嘀嘀”地响，她最后懒得回复，心烦意乱地关了电脑。

房间的窗户开着，夜晚的凉风吹进来有种清心醒脑的功效，她睡不着，抱着被子在床上翻来覆去地打滚，眼睛一闭，全是李昀的脸。

虽然距离有些远，但是他脸色好像不是特别好。

是不是又没有按时吃饭？

是不是又在每天熬夜工作时喝着冷掉的咖啡？

她就这样想着想着，竟然酸了眼睛。

冷战的这些时日，她总是用工作逃避思念他，但是每到夜深人静的时候，她一个人躺在床上看着每天一条同样的短信心里却是不住地甜蜜着。

李昀虽然嘴欠，但是到底不是一个耍花枪的人，也不是那种说花言巧语去讨人欢心的人。他虽然总是能左右逢源恰如其分地处理很多事情，但是其实本质上就是一个需要别人去疼爱呵护的大男孩。

只要一想到今天那个妖艳的女人，与其说是吃醋嫉妒，不如说是有些恐慌。

他是不是不会等她了？

他是不是不要她了？

不行！

林佳一再也坐不住了，她从床上迅速起来，甚至没有穿外套，直接出门了。

林家父母去外地探亲，林森又在急诊室值守，家里就她一个，当她跑出小区的时候才想起忘记拿钥匙了。

但是她已经没有多余的心思去想这些事情了，她脚步只是停了一下，然后头也不回地向心中认定的方向奔去。

黑夜笼罩了她的身影，却掩盖不住她炙热跳动的心。

3

李昀今天没有早早回家，而是难得在下班之后一个人去逛了超市，给冬菇买了好几袋猫粮，又买了几袋常喝的咖啡。

小区里的声控灯很是敏感，电梯刚到达，走廊的灯就亮了，他去掏外套里的钥匙，晃动出“哗啦哗啦”的声音。

他拿着钥匙的手一顿。

林佳一蹲在门口，双臂抱着膝盖。她在这儿等了两个小时，风在走廊肆意流窜，把她的身体吹得冰凉。

“佳一？”李昀不确定地叫了声。

这时声控灯灭了，两人都没有发出声音把灯弄亮。林佳一起身，远处淡淡的灯火透过楼道的玻璃窗照映在她的侧脸，有湿亮的浅痕折射出淡淡的白光。

她哭了。

这是李昀脑子里瞬间跳出来的想法。

林佳一察觉到李昀要上前的脚步，连忙说道：“你先别过来，我有话对你说。”

李昀脚步一顿，拎着东西的手微不可察地抖了抖。

他心里摸不准她要说什么，难道是两人之间极力维持的关系终于要在这一天彻底破裂了吗？

她是来说分手的吗？

“李昀，我喜欢你。”林佳一嘴唇在颤抖，浅薄的光线在她濡湿的脸上跳动，“我从见你第一面的时候就喜欢你了，这些话我从来没和你说过。我知道你心里有个很喜欢的人，但是我不在乎，我不管你有多喜欢她，到现在也忘不了她也好，我就是喜欢你。”

这一番迟来的真情告白,从她心里埋下一颗叫“李昀”的种子开始，在岁月的累积中，不断地吸收养分和水分，日益茁壮成长，如今已经无法隔断，除非连根拔起，但那是生命的代价。

“我不在乎你心里有别人，但是，你能不能……”她几乎哽咽，最终还是坚持说了下去，“你能不能给我一个机会？”

她其实还想说的是，你能不能不放弃我？

她用了那么长的时间在这个人的身上学到了坚持和信仰，用更多的时间懂得了什么叫死心塌地的心动。

李昀在深城的时候，她连夜开着车在国道上行驶，心中慌乱时竟然想到的是如果李昀真的出了事情，她可能会跟着去。虽然这样的想法很对不起父母和林森，但是有那么一瞬间她真的动过这个念头。

人们常说，世界上没有过不去的坎，其实这只是片面之词，有一种羁绊，不管是用一生还是两世，都不可能跨过去的。

李昀对于她来说，就是这样的羁绊。

话音落后，是长久的黑暗与寂静。

林佳一在李昀的沉默中渐渐开始崩溃，忍不住发出呜咽的声音。

“我……”她发现自己开口都是无力的，言语成了苍白的辩解。

黑暗中发出一声“砰”的声响，李昀手里的塑料袋掉落在地上，声控灯闻声而亮，周围的事物瞬间清晰地映在瞳孔里，包括对面而立的人。

李昀几乎是以迅雷不及掩耳之势走上前抱住了她。

那是一个带有欲望和温暖的怀抱，让林佳一既是无措，又是惊喜。

“李……李昀……”她慌乱地眨巴着眼睛，手虚揽着李昀的腰身，不敢抱得更紧实一些，甚至还有些手足无措。

“傻丫头。”李昀抱着她，嘴唇贴着她的耳边说道。

他的声音像一股电流顺着耳朵流窜到四肢百骸，林佳一觉得自己刚刚还冷得发抖的身体瞬间变得很热。

她想开口说点儿什么，但是她发现自己一张嘴什么声音也发不出来。

人被推到门板上，她的视线被李昀的肩头所阻挡，腰身后面一阵“哗啦”的声音之后，门开了。人被一股推力主导，关门声再次响起的时候，她被一股带着欲望的热浪包裹起来，李昀就这么不管不顾地吻了下来。

起初她觉得事情的状态发展得有些不对劲，她例行公事地推了推李昀的肩，男人的力量太过于霸道，而她早就被这股热乎乎的气氛烧得头昏脑涨，完全已经寻不到自己脑中最后的一丝理智。

她的唇很烫。

他的唇也是。

她微微张开自己的唇，就像打开了自己紧闭已久的城门，放对方进来。

李昀呼吸炙热急促，一只手扣着她的腰，一只手按着她的后脑勺，这样蛮横的力道把两人禁锢在一起，用尽全力地拥抱对方。

一道短促的叫声打断两人如火如荼的亲热。

“喵！”

一个乱入的叫声，让两人同时停下动作，林佳一不敢去看李昀的表情，只能把红透的脸埋在李昀的肩膀上。

李昀摸着她的头，平复自己的呼吸，然后看向桌子下面的一只毛团。

两人刚刚忘情亲热的一幕幕都被一只猫盯着，这感觉怎么看怎么诡异。

“冬菇饿了。”她伏在李昀的肩头，小声说道。

“嗯。”李昀松开她，“先喂它。”

这个“先”字，让林佳一立刻浮想联翩起来。

装着冬菇口粮的袋子被无情地丢弃在门外，好在这个时间点人不多，也没人会对猫粮产生什么占便宜的心思。

李昀开了门，把东西拎回来，拆开其中一袋猫粮就往冬菇的饭碗里面倒了一大堆。

冬菇的确长大了，肚子上的肉都变多了，摸起来肉嘟嘟的，手感特别好。

“我还以为，我不在的时候，冬菇会吃不好呢。”林佳一摸着吃得正香的冬菇，用手顺它背上的毛。

她低着头，不去看李昀也能感受到某种炙热的目光在自己身上徘徊。

她坐在床边撸猫，李昀坐在床边看她。

人被扑倒的那一瞬间，林佳一还在寻思着要说点儿什么缓解一下这尴尬的气氛。

床品是新铺的，一股扑面而来的清新气味，有阳光晒过之后的柔软，她隐约闻到有一股淡淡的薰衣草的味道——那是她之前买的柔顺剂的味道。

李昀看着身材匀称，但毕竟是一个大男人，全身的力量都压着她，她感到很大的冲击力的压迫。

是一种专属于男人的压迫。

“我……你……想干吗？”视线被截断，李昀温热的鼻息在脸上起起伏伏，刺激得她脸颊微痒。

他没回答，而是直接扳过她的脸，就这样直直地亲了下去。

4

这一次的吻很温柔，有种清风拂面的温柔，带着淡淡的烟草气息，就像万物复苏时一般鲜活。

李昀的上唇瓣贴着她的下唇瓣，就这样轻轻柔柔地摩擦着，炙热的温度从两人贴合着的柔软肌肤上开始逐渐发烫，发散。

暧昧缱绻的气味布满整个房间。

冬菇吃饱喝足之后已经躺在温暖的被窝开始呼呼大睡。

“我送你回家吧。”李昀贴着她的唇喘息道。

天色已深，再不回去就真的回不去了。

林佳一面色潮红，手抓着他的衣摆，然后小声说道：“爸妈出去探亲了，我出来得急，忘记带钥匙了。”

言下之意，不用点透。

“我给木头打个电话。”李昀说着撑起身体坐了起来，然后掏出手机。

“哎。”林佳一急忙伸手拦住他，“我哥现在正忙着呢，还是别打扰他了。”

李昀意味深长地看着她。

她躲闪着目光，小声局促地问：“我今晚不回家了成不？”

女生都这么主动了，男生还有什么说不的权利，李昀只好缴械投降，其实他今晚倒是真的不想放她回去。

两个人需要一点独处的时间，把那些系在心口的扣子解一解。

李昀坐在那儿好久都没有再开口，而是拿出一根烟静静地抽了起来，两人靠得很近，彼此身上的气息源源不断地骚扰着对方。

“有些事情我必须向你坦白。”李昀良久之后再度开口，室内温柔的灯光把他的侧脸照映得异常柔软。

他的喉咙滚动再滚动，艰难地开口：“关于赵婷的……”

“我知道。”林佳一出言打断，李昀侧头看向她，“关于她的事情，我哥都和我说了。”

她低着头。

李昀掐了烟，然后伸手捏着她的下巴，强制性地迫使她抬头看着自己。

脸颊两侧的泪痕很明显，风吹干之后皮肤有些发皱。

“她只是我的过去，我希望你明白这一点。”李昀的声音很淡，却很有力量地陈述一个既定的事实。

她只是我的过去，而你才是我的未来。

林佳一仔细盯着他黑得发亮的眼睛，生怕错过他眼底流露出的一丝一毫的变化和情绪。

她开始觉得自己之前那段日子实在很愚蠢，怎么会因为一个已经逝世的人去争风吃醋，况且那只是李昀在情窦初开的少年时光的一场暗恋而已。

就像他说的，哪个男生心里没有一个白月光，何必因为触不到的月光而错失唾手可得的温暖呢？

她用尽全身的力量抱住面前的男人，不会有第二个让她不顾所有去爱的人了，她无比确定。

李昀，我喜欢你，我爱你。

这是她闭上眼睛，心里闪过的最后一个念头。

清晨带着白雾缓缓而至。

冬菇这个闹事者在床上和地上不断地徘徊，嘴里还不断地发出叫声——它又饿了。

林佳一是被一只细长柔软的爪子给踩醒的，那一脚不重不轻，但是足够把她昨晚被碾过的身体刺激出一阵绵长的阵痛。

她费尽全力睁开眼睛，对上李昀正在熟睡的侧脸。

昨晚某些记忆就像潮水一般在脑子里刷过一遍又一遍，她脸红到想像土行孙一般遁地逃走。

这事做得的确是有些冲动了，要是让林森知道保不齐又是一顿全方面的教育。

不过只是几秒，她又想到自己毕竟是一个成年人了，男欢女爱本来就是正常的事，没什么大不了的。

她拖着有些沉重的身体去做早餐，翻箱倒柜找了半天，只有一袋面包、一袋火腿和几个鸡蛋可以用，最后她决定煎个鸡蛋做个简单的三明治对付一下就行了。

她不在的时间里，李昀的伙食方面一下子就回到解放前了。

鸡蛋在平锅里发出“吱吱”的响声，为这个温存的晨间加上一些烟火气。

李昀睡醒的时候先是摸了一下身边的位置，空荡荡的位置还带着余温，随后他又把注意力转移到厨房，有淡淡的食物香气顺着玻璃拉门的缝隙飘进卧室。他隐约透过磨砂玻璃看清女人的身形，一想到昨夜，他也忍不住腹诽自己的冲动。

他怎么就没有在林佳一扑上来的时候把她给推开呢？

现在算怎么回事？

恋人之间的互相慰藉？

还是重归于好的证明？

他看着玻璃门后的林佳一，听着她为自己做早餐发出的声响，心里有种像被棉花糖包裹一般的感觉，又软又甜。

林佳一投身在煎蛋的喜悦里，完全没有注意到身后有温度贴了上来。

一具带着黏热劲的身体贴了上来，腰身被男人的胳膊搂得紧紧的，李昀把下巴放在她的肩膀上，侧脸贴着侧脸，给这本来就缱绻的早晨又添了一丝暧昧。

“你别……别这样。”李昀轻轻蹭她的脸颊，她一边轻微躲闪，一边话都说不利索，“我煎蛋呢，当……当心烫着。”

“这么贴心啊？”李昀在她耳边笑，那带着清晨刚苏醒的慵懒沙哑的声音像一股电流穿透她的耳膜，然后流窜全身，引起阵阵酥麻。

林佳一从来没见过这样的李昀，有一种慵懒迷人的性感，让她本来已经消停的心脏再度蠢蠢欲动。

“你别闹。”林佳一艰难开口，几乎是咬着牙说出来的。她不习惯这样的李昀，或者说她需要时间才能适应这样的李昀。

“我没闹啊。”李昀贴着她耳根子笑。

“那你松开我。”林佳一躲开他的气息，故意用肩膀去撞击他的胸膛，试图能挣开他的怀抱以及那肆意浮动的热乎暧昧。

“不松。”李昀故意把双手收得更紧了几分，然后带有惩罚意味地用舌尖轻轻舔着她又薄又嫩的耳垂，最后用那温热潮湿的两片唇瓣轻轻咬住了。

耳朵是大多数人普遍敏感的位置，林佳一被他这么一捉弄，忍不住轻轻叫出声音来。

“翻一下。”李昀说。

“什么？”林佳一脑子里全是糨糊，完全已经失去了判断能力。

李昀的大手顺着她手臂慢慢地向下滑动，隔着棉质的睡衣布料，带起了肌肤的战栗。

他扶上她拿着锅铲的那只手，然后把其中一个一面焦透的鸡蛋翻了个面儿。

林佳一恼羞成怒，关了炉灶上的火，转身就扑到李昀的身上，冲着他的脸就咬。

她觉得自己不能吃亏，不能总是做被调戏的那一个，她需要争取一些主动权。

这顿不像样的早餐总算是在两人小打小闹的过程中勉强做成了。

5

两人持续了几个月的冷战终于在一个不像误会的误会中彻底破冰，而且最重要的是，那晚的冲动显然还是留下了后遗症。

这是林佳一在算自己例假的日子发现不对劲之后才开始重视起来的。

林佳一在买食物去李昀家的路上，顺便在药店买了验孕棒。

饭后她躲在卫生间不出来，冬菇像发春一样在客厅喵喵叫唤，她没使用过这个玩意儿，把她急得满脸是汗也没研究出个所以然来。

敲门声骤然响起。

“啊？”她慌乱开口，完全没有整理自己的语调。

“你怎么了？”李昀也急了，竟然试图去拧开把手，不过门没有被打开，林佳一进来就把门给反锁了。

“你开门。”李昀声音隔在磨砂玻璃之外，有一种窒息感。

“我没事。”林佳一到最后也没弄明白，只得把验孕棒掰成两半后藏在垃圾桶最下面，然后胡乱扯了一堆的卫生纸扔进垃圾桶试图掩盖住。

她快速地洗把脸，然后整理一下乱掉的头发，这才去开门。

李昀站在门口，皱着眉瞅着她。

林佳一刚刚经历了这一通胡乱的折腾后，脸色的确看起来不太好，卫生间刺眼的灯光映在她本就白嫩的皮肤上，竟然真的有一两分面色苍白的即视感。

“你怎么了？”李昀担心地询问，把手探向她的脸蛋，轻轻摩挲，“哪儿不舒服？”

林佳一平常那股生龙活虎的劲头还真难以用其他的理由来说服眼前这个精明的男人。她脑子灵光一现，随后胡诌道：“还不是女人都会来的那几天。”她故意说得委委屈屈，然后靠在李昀身上做虚弱状，试图蒙混过关。

李昀还真被她这架势给唬住了，连忙把人抱到床上，又是盖被子又是电热宝。

林佳一偷窥着为自己调生姜红糖水的李昀，忍不住勾起嘴角。

冬菇在床边舔着她的脚，她不禁想到，这样两人一猫的日子过得还真是舒心。

“你到底有事没事，没事我挂了。”赵糖在林佳一吞吞吐吐的言语中终于忍不住爆发了。

“有……有……有事。”林佳一躲在公司的卫生间，一手拿着手机，一手掩着嘴，故意降低声调。

她现在这个样子着实有点像偷公司卫生纸的小偷——做贼心虚。

“你这两天有没有空？”她小心翼翼地问。

“这两天忙，有好几个新闻要跑。”事实上自从她和陈禾“分手”的那天开始，她一直都在忙。跑外勤是最累最忙的，偏偏她主动向领导申请，领导考量到上次赵糖出事的事情，所以特意安排了曹珂和她一起跑外勤。

两人现在是统一战线的战友，几乎是形影不离，公司里现在已经有人开始开起他们俩的玩笑，不过对此赵糖不闻不问。

她清楚自己的心就行，至于其他人，她没有过多的精力去一一解释。只是，每每她听见有人开她玩笑时，她就会情不自禁地想起和陈禾诀别的那天。

他说过喜欢自己，这让她觉得释然很多。

“你能不能抽出时间来啊？”林佳一说，“我有点事。”

她想去医院做个检查，可是自己一个未婚的大姑娘要面对医生诸多询问，有点尴尬。

赵糖那边环境有些乱，明显有人在不远处催促她快点。

“你下班陪我去趟医院呗？”她急忙说。

赵糖疑惑：“去医院怎么不找你哥？”

林佳一心虚，心道，这种事她怎么敢和林森说，除非她嫌自己活得太久了。

“糖糖……”林佳一小声叫她，话已经到嘴边了就是说不出来。

赵糖越发疑惑，林佳一的性子很少有这么扭捏的时候，除非是和李昀有关，或者是本质上难以启齿的事。

她皱眉问道："佳一，你和我说实话，你到底怎么了？"她的声音从容不迫，有种稳定心神的作用。她们俩的关系向来如此，不论哪一方脆弱时，另一方都是对方坚强的后盾。

终于，林佳一坦白了："糖糖，我……我好像怀了……"

赵糖反应好几秒才接受了这个事实，她的第一反应是，你怎么可能怀了？是不是吃多了？后来转念一想，不对，林佳一现在可是有男朋友的人。

林佳一被电话里赵糖的怒吼震得耳朵疼，立刻把手机拉得一米远。

赵糖大怒："你说什么玩意儿？"

李昀临下班的时候收到林佳一的短信，说是晚上临时有点事晚点过去，让他先吃饭。林佳一平常冒冒失失的事情做多了，李昀对她三天两头整点儿动静的频率已经习以为常，所以他也没太在意短信背后的含义。

冬菇吃饱了喜欢在家里乱窜，就像小区查岗的值班大爷一样，小猫步一走，黑色的眼睛如雷达一般扫射，有时候激动了还上爪子挠两下。

李昀正埋在电脑里绘图，CAD 的软件常年挂在电脑屏幕上，他目不转睛地看着电脑，另一只手去拿桌子上的红茶。

这是林佳一强制给他换的，他只要想起那天她逼他喝茶的小模样，心情就忍不住好了起来。

"从今天开始你喝这个。"林佳一把刚沏好的红茶往他面前一放，顺便伸手抢走了他手里的咖啡。

“这个不好喝，没味。”李昀摇头拒绝。咖啡用来提神，除了里面含有的咖啡因之外，还有就是它的味儿，又苦又涩的味道刺激着口腔，可以和刺激大脑的咖啡因起到双重作用。

“这个也可以提神，而且还养胃。”林佳一噘着嘴，不顾他的反对坚持到底。

李昀拿起装着红茶的杯子闻了闻，一股红茶的清香，带着热气扑在鼻子上，让人有种昏昏欲睡的感觉。

“不行。”李昀还是拒绝，“我快睡着了。”说完他便去抢林佳一手里的咖啡。

林佳一躲得快，没给李昀机会。

李昀不想和她闹，自顾自地继续绘图纸。

没过一会儿，林佳一从厨房出来，靠在桌子旁边，一双眼睛死死盯着李昀。

李昀好笑道：“你这么看我干什么？”

“你喝不喝？”林佳一指着桌子上已经不冒白气的红茶，淡红色的液体在水晶杯里有种诡异的艳丽。

李昀成心逗她，挑眉道：“我不喝你能怎么着？”

林佳一的碎发乱在鬓角，这反而给她增添了一种俏皮可爱的美感。

李昀喉结微微滚动，抬起头看着她，隐隐期待她接下来会做什么。

“你敢不喝。”林佳一拿他没辙，只能故意说道。

李昀带着笑意的眼睛直勾勾瞅着她，嘴角也微微勾起弧度，暗黄色的壁灯给他俊俏的轮廓镀上一层柔和的光芒。

林佳一急了，只能拿起红茶自己先灌了一口，然后不给李昀任何反应的时间，捧着他的双颊，嘴唇贴上去，带着茶香的液体从她的口中过渡到他的口中。

李昀喉结重重地滚动了一下，带着香味的红茶顺着食道下肚。

良久，李昀笑着说："你要是每天都这么喂我，我一定天天喝。"

林佳一闹了个大红脸，落荒而逃。

Chapter 11 这是你故意招我的

1

卫生间传来“砰”的一声，李昀连忙起身去看，是冬菇把卫生纸篓给弄倒了，里面的垃圾乱七八糟地落在地板砖上。

李昀蹲下身子去收拾，顺便还顺了一下冬菇的毛，冬菇舒服地叫了一声。

“喵——”

李昀先把冬菇抱出卫生间，然后才回头去收拾某位猫大爷作妖之后的残骸。

隐藏在卫生纸中的某样物体吸引了他的视线，他不确定地拨开卫生纸团，把东西拿出来。

他恍惚想起那天林佳一在卫生间里躲躲藏藏的样子，心中一震。

电话第一时间拨了过去，对方许久才接。

李昀听见自己的声音隐忍又颤抖：“你现在在哪儿？”

林佳一没有怀孕，这是专业的医生看了、专业仪器拍出来的片子后，最终判断出来的诊断结果。

出了医院，林佳一就把片子扔进垃圾桶了。

天空很蓝，榕城的阳光依旧灿烂。

林佳一说不清自己心里现在是怎样的一种感受，最开始知道自己可能怀上的时候她心里全是担心和紧张，如今医生已经确定她只是经期不稳，她现在竟然会有那么一点点的失落。

可能因为是李昀的孩子，她竟然会有那么一点期待。

“没事了。”赵糖拍拍她的肩膀。

“嗯。”她面无表情地答道。

手机被调成静音，林佳一习惯性地看了一眼电话，“李昀”两个字正在屏幕上闪动，她条件反射一般咽了一下唾沫，最后小心翼翼地接通了。

李昀的声音有点急：“你现在在哪儿？”

林佳一抬头看了一眼医院的大牌子，随口撒谎：“我和糖糖在市区的商场逛街，一会儿就回去了。”

李昀不容反驳的口气：“我去接你。”随后便挂了电话。

林佳一拉着赵糖连忙打了车，往市区驶去。

自己撒的谎，怎么着都要圆回来，这是报应。

“我说，你什么时候和那家伙睡了？”赵糖说话完全不加考究，林佳一甚至看到前面的司机大叔通过后视镜在打量她的眼神。

“你小点儿声。”林佳一拉着她的袖子，食指虚掩在唇上，做噤声的动作。

“你都做了，还怕人说啊。”赵糖鄙视。

“多不好意思啊。”林佳一小声委屈道。

“你还知道不好意思呢？”赵糖提起这事气就不打一处来，“这还好是没中，万一真怀了你打算怎么和你爸妈交代，怎么和你哥说？林叔叔那么要面子的一个人，要是知道他女儿未婚先孕，你让他老脸往哪儿放。”

“现在都是二十一世纪了，开放时代了。”林佳一鸭子嘴，硬着呢。

“反正你自己掂量着吧。”赵糖懒得理她。

车行驶到商业广场前门，林佳一还没下车就看见一个熟悉的身影在门口站着。

李昀穿了一套黑色运动服，正好把匀称得体的身材衬托得恰到好处。李昀虽然总是熬夜工作，但是因为有晨跑的习惯，所以精神气总是那么饱满。李昀站在那儿，渐渐地与这即将落下来的黑幕融为一体，林佳一不禁在心里感叹了一番，这个好看的男人是属于自己的。

真真切切地属于自己。

“一会儿别说漏嘴了。”临下车的时候，林佳一还不忘交代一下赵糖，她与司机师傅再一次在后视镜中眼神交汇，她怀揣着的那一颗小玻璃心在这一眼对视中是摔得稀碎的了。

赵糖不以为意地撇撇嘴，心想，你就可劲“作”吧。

两人下了车。

正好李昀的视线也投了过来，他有礼貌地向赵糖点点头，严格意义上来讲，这算两人正式打照面。

“我临时有点事，就让佳一陪陪我。”赵糖在受不住林佳一各种挤眉弄眼的暗示下，悠悠开口道。

李昀看破不说破，声音淡淡的：“那我先带她回去了。”

“好好好，赶紧回去吧。”赵糖巴不得呢。

林佳一隐隐觉得李昀的神情不太对，怎么说呢，是一种太过淡定清冷的表情，不同于往日，那股嬉皮笑脸的黏糊劲。

和赵糖分开后，林佳一以每隔三十秒的频率去看正紧紧牵着她的男人。

李昀眉头微皱，薄薄的唇绷成一条直线，看不出明显的喜悲，不过眼角不经意流露出来的担心和慌张还是出卖了他。

林佳一在偷看他第一百八十次之后，硬是没敢开口问，就这样在嘴无声地张张合合的过程中挨到了回家。

冬菇满地打滚地“喵喵”叫，听见有开锁的声音，它的视线紧锁前方，然后仰着它的脖子，躺倒在地，爪子定在半空中，就以这样一种诡异的姿势看着李昀和林佳一开门进屋。

“你……”她主动搂上李昀的腰,鼓起勇气用一种耍宝的嘴脸问道,“男朋友，你今天怎么了嘛？”一边说着，那只扣在李昀后腰上的小手一边还不老实地摸来摸去。

李昀把她的手扳下来，然后抓着手，正色道：“垃圾桶里的东西到底是怎么回事？”

林佳一瞳孔收缩，心中开始地动山摇。

“呃……那个……我……你……”她躲闪着李昀灼热的视线瞥向旁边还在舔爪子的猫大爷，然后故意转移话题，“冬菇该吃饭了，你看它饿得都开始吃爪子了。”

她说着松开自己不老实的小手，然后试图挣开李昀的怀抱，结果还是没逃开，被一股强大的力量拽了回去，随后笼罩下来的是一片带有温度的黑暗。李昀用身体和双臂为她隔离出一个专属于她的区域，他一手拢着她的后脑勺，侧脸贴着她额头的肌肤。

“我们明天就去领证。”李昀淡淡地说道。他去接人的时候就已经想清楚了，虽然这种先上车后补票的做法的确不妥，但是既然事情已经发生了逃避是没有用的，只有用最好的方式去解决才是对林佳一甚至是林家的父母最好的交代。至于他这边，反正只是他自己的事情，不需要向任何人报备。

更何况事出突然，根本也没有充足的时间去选择什么黄道吉日。

“李……李昀。”林佳一眨巴眼喊他。

“嗯？”

“我没怀。”林佳一闷闷道。

李昀推开她，不敢置信的神色写在脸上。

“那……那个垃圾桶里的东西是……”李昀回想了一下，很确定自己看到的就是验孕棒啊。

“其实我根本就没来得及弄，那天你在外面一直催我，我随手就把它扔进垃圾桶里面，后来忘记扔掉了。”林佳一老实交代，“我今天去医院做检查去了，没怀上，就是有点经期不调而已。”

越说到后面，她声音越小，说不清是庆幸还是失望。

李昀也不懂，他只是看见东西就慌了，完全没仔细去思考，验孕棒上面的一条杠到底是什么意思。

“没事。”李昀搂着她，“下回你可不能这么瞒着我了。”

林佳一在他怀里乖乖点头。

2

乌龙事件过后，李昀以男朋友的身份正式拜访了一下林家父母。

这是一早就计划好的事情，只不过一直都在无限期地拖延，时到今日才正式见面。林父对李昀赞赏有加，很是看好，相比之下林母倒是颇有些不满。

“这孩子一身痞气，还不如上次佳一二姨给介绍的那个呢，长相俊秀，还知根知底，多好。”林母在见过李昀之后就一直在家唠叨这个事，听得所有人都烦。

林佳一和林森对上视线，心照不宣，一个撇嘴，一个吐舌头。

二姨给介绍的男生，两人看过照片了，长得又白又嫩，就是一个小白脸。至于所谓的知根知底，其实不过是二姨老公那边的亲戚，说实话，真没有多知根知底，不过是二姨想故意攀关系的一种手段而已，林母还真就吃这一套。

“妈，你这话可不对啊，李昀是我大学同学，怎么不知根知底了，我看比那小白脸强多了。”林森一边吃橘子，一边反驳道，同时还不忘和林佳一默契击个掌。

林母哼了一声：“你大学同学？那你知道他父母是做什么的？他们家有几口人你清楚吗？我每次提他父母他就跟我打太极，没有一次正式谈过，这样性子的人我能放心把佳一交给他吗？”

闻言，不只是林森的手一顿，就连林佳一也收敛了神色。

他们怎么会不知道？

只不过是不想让李昀再回到那永无止境的黑暗里。

父母对李昀而言就像一个缝针过后留下的疤痕，已经不会再有任何疼痛，但是只要看见总会勾起那些不好的情绪。

客厅突然一下子变得死气沉沉，只有林母的声音在不断回荡：“我不是很瞧好那个孩子，而且身上总是带有一股痞气，不像是个安定的孩子。”

林母说的痞气并不是指李昀这个人不正经，而是他多年生活在外，身上早就形成一股风尘浪荡的气息，就像一只不会落地的雄鹰，遨游在天际，根本触碰不到。

“不。”许久没开口的林父出声道，“我看那孩子没问题，行为作风说话都透着一股洒脱干练的味道，一看就是受过训练的。”

一个人深入骨髓的气质是不管经过怎么样的洗礼都不会改变的，这是由心而生的。

“你就别忙活那些乱糟糟的事情了，佳一处对象又不是坏事，你总得看孩子的喜好和意愿吧，不要总做那些无用功。”林父抖了抖报纸，起身喝了口茶。

一家之主都放话了，林母就算再心有不甘也只能闭口了。

“我妈就是不相信我的眼光，我家那个二姨你也知道，最会煽风点火，趋炎附势，她介绍的人我可不敢碰，回头再把我算计了。”林佳一吃着午饭和赵糖通话。

赵糖一边写新闻稿一边听着，随口搭上两句：“反正你和李昀好好处着，林阿姨拿你俩不是也没辙吗？”

“也是。”林佳一赞同道，喝了一口玉米汤，然后问，“哎，你吃饭了没？”

“还没呢。”赵糖目不转睛打着字，余光瞟了一下正在免提通话的手机，“下午有一个加急的新闻稿要交。”

“你们上司还真是把你当男人使啊，是不是你们办公室的男人都被当畜生使啊？”林佳一不满的情绪都快爆掉电话线了。

还好正值午休，办公室没人，赵糖不用第一时间掐断电话，不然被人听了去，她麻烦可就大了。

任何一间办公室可都是一个隔墙有耳，满地眼睛的地方。

赵糖笑了笑：“好歹我们这儿还有畜生啊！”

她说这话是在取笑林佳一办公室没男的，其实这也并不奇怪，一个做女性读物的公司有很多男性的话反而诡异。

“行了，我不和你贫了，我去忙了。”赵糖说。

“你晚上来家里吃饭吧，你林阿姨和森哥哥最近都在念叨你好久没来了。”林佳一说。

赵糖想到今天中午把这个写完交上去的话，晚上可以不用加班于是就答应了。

挂断电话，赵糖把全部的精神放在电脑上，完全没注意到后面有人在注视她。

她认真敲完最后一个字后，舒展一下坐得僵硬的身体，双臂向上伸展开，半眯着眼，余光中瞥见一双黑色精致的男士运动鞋。

——这貌似是曹珂的鞋。

这是她的第一反应。

她完全睁开双眼，视线向上移去，曹珂的一双桃花眼眯着，手里还拎着印着楼下便利店标志的便当盒。

“你……”她想问你什么时候回来的，她打电话的内容听到了多少？

曹珂挑眉一笑，提着便当盒的手往上提了提，问道：“畜生给你带饭了，吃不吃？”

赵糖不好意思地挠了挠头，尴尬地开口道：“谢谢啊。”

办公室里一片寂静，阳光大片地从落地窗洒进来，榕城连续乌云阵雨了好几天，太阳终于从今天开始正式露了面。

两人相对无言，赵糖慢吞吞吃着餐盒里的饭，曹珂就坐在她相邻的位置看着她，静默下来之后，五感被极度放大，甚至可以闻到飘浮在空气中的咖啡余香。

“放个歌听吧。”曹珂倾身上前，之后拉过赵糖右手边的鼠标打开电脑里的音乐软件。

曹珂余光瞄着赵糖吃饭的样子，一筷子一筷子的慢动作像是小猫进食，特别温柔，他移开目光，不自然地开始找歌曲。

他也不知道放什么歌曲，只是想缓解一下这寂静的气氛。

最近播放列表里面的第一首，他毫不犹豫用鼠标点了双击。

舒缓的音乐开始在办公室里流动，熟悉的旋律让赵糖夹着香菇的筷子在空中一顿。

她许久没有听歌了，音乐软件最近播放的歌曲还是几个月之前听的歌单，第一首是她经常单曲循环的——因为那是陈禾经常听的歌曲。

熟悉的歌词几乎让她一瞬间酸了眼睛，原来她不顾一切想要忘记的，依旧那么鲜活地活在她的回忆里，只是她把自己圈进一个自己营造的假象里面，那个世界没有陈禾，也没有她自己。

熟悉的歌依旧在放着：

等待着你，等待你慢慢地靠近我
陪着我长长的夜到尽头，别让我独自守候
等待着你，等待你默默凝望着我
告诉我你的未来属于我
除了你我别无所求
你知道这一生
我只为你执着
管别人心怎么想，眼怎么看，话怎么说

你知道这一生

我只为你守候

我对你情那么深，意那么浓，爱那么多

等待着你

歌词有多温柔触动，现实就有多刺骨锥心，她恍惚间突然明白，原来从第一次在有家西点的后厨听到这首歌的时候，她与陈禾之间早就已经有了既定的结局。

一生守候——他只为她。

3

林森躲在李昀的身后像一只奓了毛的耗子嗷嗷叫唤。

“你是不是闲得慌，为什么要养它？”他指着不远处某只翘着尾巴走路的猫。

“你才闲得慌。”李昀无奈地白了一眼躲在自己身后的“大耗子”。

冬菇像是被这边的动静吸引，尾巴翘得老直，像一根直通天际的定海神针，迈着它轻柔的步子向林森那个方向走去。

林森立马吓得不行，大喊了一声“妈呀”。

林佳一幸灾乐祸地躺在沙发上直乐。

谁会想到天不怕地不怕，拿着一把银色小刀给人开膛破肚，穿针引线的林大医生竟然是一个见了猫科动物㞞成这样的蠢蛋。

“哥，你看看它，多可爱啊。”林佳一故意诱导，还把冬菇抱到怀里故意往林森脸上蹭。

林森捂着眼睛直哆嗦，脸上被一撮绒毛拂过，刺激他全身的活跃细胞立刻奓了毛，只能捂住脸嗷嗷叫唤。

“妈，你快点把你闺女带走。”林森一手捂着眼睛，一手在空中瞎比画，“还有那只要了我老命的猫快点把它带走，我鸡皮疙瘩都起来了。”

冬菇见状，不满地叫了一声。

“好了，好了，别闹了，快去洗手吃饭了。佳一你别老吓你哥，他从小就怕猫你不知道嘛，还故意养了一只猫。”林母说着话的时候故意瞅了一下坐在沙发上的李昀。

林佳一察觉了那目光，她把冬菇放在笼子里，然后拉着李昀去了卫生间。

“你别放在心上，我妈她这人就是比较主观意识。”洗手的时候，林佳一挨着李昀小声说道。

“我没事。”李昀说。他是一个非常明白事理的人，也许是小时候那些不好的经历造成了他思想上比别人早成熟许多。

哪家儿女搞对象父母做的第一件事情肯定就是了解对方的家庭，他的家庭是破散的，甚至还是黑暗的，他不希望因为这样的原因让林家的父母看不起他，从而觉得他不是一个可以值得托付的人，所以他选择缄默不语，可是这样的态度自然会让他面临另一种难堪。

不过，为了林佳一，他什么都愿意接受。

“一会儿你别回去了。”林佳一提议。

“不行，这样不好。”李昀眉眼微动，然后拒绝。

林家没有多余的客房，李昀要是留下来只能住在林森的房间，但其实林佳一是另有打算，李昀不傻，自然能听得出话外之音。

林佳一转动眼珠，把湿漉漉的手搭在李昀的肩上，故意把脸凑近。卫生间的面积狭小，两人并肩站着，肩头随着洗手的动作不断摩擦，对方身上那点温度早就已经不是最初的恒温了。

林佳一钻进他的怀里，李昀的身体和双臂为她制造一个私密的空间。

“我爸妈睡得早，一会儿你晚上偷偷溜过来就行，我给你留门。”林佳一对着他的脸吐热气。

李昀受不了她的故意勾引，两人自打有了实质性关系之后其实在一起过夜的机会并不多，林佳一不能夜不归宿，他也不好意思留人，所以每次只能偶尔亲亲抱抱过个干瘾。

“你到底来不来？”她眨巴着眼问。

“再说。”李昀克制自己，咬牙道。

林佳一闻着他的下巴。

“你是冬菇吗？”李昀好笑道。

冬菇就喜欢每天早晨蹭着他的下巴闻来闻去。

林佳一闻了两下，他身上有淡爽的香皂味，还是她选的薰衣草味道的，特别好闻。这样想着，她张开嘴一口咬了上去，力道不重，就跟挠痒痒一样。李昀带着胡楂有些粗糙的下巴摩擦着她薄嫩的嘴唇。

“这是你故意招我的。”李昀说完，然后搂着她的腰，掐着她的下巴就亲了下去。

久违的亲吻让两人有一瞬间的意乱情迷，在这个昏暗又狭窄的空间里，暧昧和欲望被无限放大。

略带惩罚意味的亲吻让林佳一忍不住哼唧出声音来。

门口骤然响起敲门声。

林森的声音如鬼魅幽灵般阵阵传来："能不能注意点儿场合？"

饭桌上，林佳一吃饭时故意低着头，她嘴唇微红，双目含春的样子不能被发现，她咬着一只鸡翅慢慢磨牙。

"来，佳一，哥给你加一个大鸡腿。"林森一字一句地说道，然后把一个比饭碗还大的鸡腿放在林佳一已经冒尖的饭堆上。

林佳一眯着眼，桌子下的脚不动声色地照着准确的目标踩了下去。

林森瞬间疼出了泪花。

兄妹俩这种"明争暗斗"的手段林家父母早就司空见惯。

"我说你俩就不能消停点儿，让外人看见像什么话。"林母讪讪道。

这话里的外人意有所指，李昀喝水的手顿了一下。

所有人的眼神飘忽，就连林父也只是故意咳嗽了一声示意林母不要再说下去了。

一时之间空气安静下来，气氛无比尴尬。

"妈。"林佳一端着饭碗的手颤抖了一下，刚刚送进嘴里的鸡肉瞬间变得苦涩。她放下碗，悄悄把手放在李昀的手上，这个角度正好被餐桌掩盖，察觉不到一点动静。

李昀大手在她的手背上拍了拍，示意她没事。

敲门声响起，暂时缓解了尴尬的气氛，林佳一猛地想起今天还约了赵糖。

“我约了糖糖。”她起身去开门。

赵糖临时堵在路上，耽搁了一点时间。

草草结束晚饭，李昀还是留宿了林家，而赵糖被林佳一暂时留下来谈谈心。

“今天这是怎么了？”赵糖向来敏感，一进屋就发现气氛不太对，“林阿姨好像不太高兴，就连林森哥那个话痨怎么都这么安静？”

“还不是我妈不喜欢李昀，今天自打李昀一进门，她说话总是夹枪带棒的。”林佳一托着腮看窗外浓重的夜色，鼻子泛酸，“不就是不愿意提起自己的父母嘛，这到底算什么啊，我是和李昀谈恋爱又不是和他父母谈恋爱，我愿意不就行了。”

赵糖思考着说：“林阿姨就是思想保守了点儿，毕竟对方家庭不详，她不放心。”

“可是……”她声音戛然而止。

可是李昀有自己的苦衷啊，一个难以启齿的苦衷……

“我是觉得你可以和林阿姨好好谈谈。”赵糖建议，“李昀毕竟还算是一个外人，他不能直面地和你父母沟通，就由你来面对好了。”

林佳一听进去了，她觉得赵糖说的话很有道理。

“我爸都不在意的事情，为什么我妈想不通呢？”林佳一喃喃道。

赵糖搂着她安慰：“男人和女人看事情的角度是不一样的。”末了又说，“暂时先顺其自然吧，总会解决的。”

夜里的风温柔宁静，伴随着冬菇绵长的叫声。

4

“我妈说话你别往心里去。”林森逃离了猫的注视之后，整个身心都放松下来。

“我说你们兄妹还真是一个样啊。”李昀笑着点了根烟。林佳一安慰他在前，林森劝慰他在后，他现在是那种看起来很经受不起打击的人吗?

林母说的话固然有些难听，不过还不至于给他造成什么心理阴影。

“她就是和亲戚接触得多，有些话听多了就比较思想顽固。”林森很巧妙地省略了其实是有人想给林佳一塞对象的事情。

李昀目光平淡，袅袅升起的白烟几乎挡住了他的双眼，眼底的神色扑朔迷离。

“木头，在你眼里我是一个怎样的人？”李昀敛着神色，淡淡地问。

林森塞进嘴里的橘瓣还没来得及吞咽就被他这一发问给弄愣了。

榕城大学的铁三角，总有一方是偏移的，陈禾性格稳重内向，再加上有赵婷这个知心女友的陪伴，反而衬托出他们两个话多的单身汉凑在一起更有情调和火花。

其实当年榕大关于他俩乱七八糟的传闻也不少。

他认识李昀这么多年，两人勾肩搭背一起去泡妹子，平常凑在一起插科打诨的事情做得多了去了，不过从来没有像今天这样严肃地探讨过一个问题。

李昀是一个怎样的人?

这个问题的答案对林森来说既清晰又模糊。

“喂，你发什么神经？”林森拿着橘瓣的手背撞一下李昀的肩膀。

“没什么，我就是问问。”李昀神色和语气依旧是淡淡的。

“你放心，不管我老妈弄什么幺蛾子，只要我爸坐镇，你依旧进得了我们林家的大门。”林森信誓旦旦地说，“何况你以为就我那妹子是省油的灯吗，她认定的事十头牛都拉不回来，你信不信我妈要是一直不松口，她明天就敢收拾收拾东西和你私奔。”

林佳一那性子要是被逼急了，还真干得出来。李昀想到这里，不禁弯起了绷直许久的嘴角。

“哎？”林森纳闷，“你什么时候变得这么双标的？”

李昀疑惑挑眉，不明白他的意思。

“你对着我就一张吞了屎一样的臭脸，一说起佳一立马不一样了，瞧瞧你这一脸老妈子的微笑，真是没眼看。”林森“啧啧”感叹，嘴里的橘汁都喷出来了。

“不好意思。”李昀掐了烟，淡淡道。

“啥不好意思？”林森问。

“我对着你笑不出来。”李昀无情地打击他，“还有，我对你没兴趣。”

“我……你大爷的……”他自找没趣，怨不得人。

“行，你有本事，有种晚上别上床。”林森破罐子破摔，直愣愣躺在床上，摆出一个“大”字，把整张床铺都占据了，没给李昀留一点空隙。

李昀看着他，哭笑不得。

赵糖离开时已经是深夜，浓重的夜色如同化不开的墨水一般浓稠，只有浅淡的月光照在窗台上。林佳一躺在床上望天，眼睛看不清天花板，但还是直愣愣地瞅着，这样的状态能让她放空一些，不必去胡思乱想一些事情。

她很担心李昀会不会受到那些话的影响，自己的家庭会不会给他带来一些无形的压迫感。

他已经有过那样一段不好的回忆，她不希望自己做那个把伤疤再次划开的人。

她翻了一个身，心想，不知道他现在睡了没。

房间有入侵者，林佳一背对着门，心里还装着事，完全没有被细微的动静吸引注意力。直到她感到有股热气朝自己袭来，熟悉的烟草味从身后蔓延到鼻息，她笑了一下，然后以迅雷不及掩耳的速度起身扑向对面的人。

李昀显然没有料到林佳一会突然扑向自己，没有心理准备，手上的力度来不及调整，两人双双滚到了地板上。

卧室里铺着林母特意挑选的羊绒地毯，两人抱着滚成一团，在毛茸茸的地毯上转了好几个圈才停下。

李昀在黑夜中笑："这么主动啊，还给我特意留了门。"

林佳一微微窘迫，她睡觉时其实并没有锁门的习惯，只是今天在卫生间的时候为了勾引李昀过来故意那么说的，如今被李昀当成调笑的说辞，她倒是有些不好意思。

两人在地板上交叠着身体，一片漆黑的视野里，淡淡的月光洒落屋内，彼此的呼吸在静默的空隙里交缠，很是暧昧。

有时候，林佳一自己也不是很想得通，明明交往的时间也不算短了，每段恋爱的甜蜜期、冷战期、复合期两人也都经历过了，可是对着李昀不经意间的触碰，还是心跳得厉害。

她的手臂抱着他宽阔的肩膀，室内有暖气，她在环境和生理的双重刺激下，微微红了脸：“你怎么过来了，我哥呢？”

“他睡着了。”李昀搂着她腰的手缩了缩，然后轻声细语道，“我想你了就过来了。”

林佳一把头放在他的胸膛上，听着他的心跳声，嘴角因为他一句不算情话的情话而弯了起来。

5

在她的认知里，李昀从来不是一个会把甜言蜜语挂在嘴边的男人。

他也许会故意说荤话逗她，也会故意调戏她，但是很少像现在这样紧紧抱住她，然后认认真真地和她讲一句软绵绵的情话。

“我想你了”这简单的四个字在这个夜里像是燃烧的火焰，炽热又明亮。

“你……”短暂的甜蜜过后，林佳一的烦恼再次占据了整个大脑。

李昀心知肚明，知道她想说的是什么，用手拍了拍她的肩膀示意他自己根本没放在心上。

话虽然是这么说，林佳一担心的主要还是林母那暗潮汹涌一拨又一拨的言语攻击，会把人的心理防线击溃。

李昀其实早就有打算，他要找一个机会单独和林母好好谈一谈，关于自己破碎又分离的家庭。他的家庭的确不够健全和完美，可是他需要用自己的方式让林母了解到，即使这样的他也绝对是可以托付的人。

林佳一还是不安生，抬起头，用手捏住李昀的下巴，有一种大爷调戏小媳妇的姿态，眼睛锁定他眼底流露的所有情绪：“你别想瞒着我，我跟你说，不管你心里是怎么想的，或者哪怕你有些不满，也一定要和我说，不要总把事情放在心里。我现在是你的女朋友，你不跟我诉苦你跟谁诉苦啊？”

李昀心中一动，他发现自己会喜欢林佳一的理由其实很简单。

他就像一棵有沉疴的树，遇见了林佳一这只啄木鸟，在时间的推动下，他被这只啄木鸟吃掉了，同时他的病也彻底痊愈了。

林佳一一边强烈要求，一边用手指点着他胸膛。

她的手指很柔软，点在他胸膛的力道软软的，挠得他心里痒痒的。

“你听没听见我说话啊？”林佳一发现他在走神，无奈道。

“喂……哎……”两人的位置一瞬间发生了变化，林佳一被李昀抓住手指，然后被翻身压在了下面。

身下是柔软的羊毛地毯，呼吸被李昀浓厚的气息包围。

“喂……”林佳一开始紧张了，她期待又害怕接下来可能会发生什么事情，话音越来越小，甚至开始有些飘，“你……听没听到我说的话啊？”她说完紧张地眨了眨眼睛。

“嗯。”室内的气温高得让他嗓子开始发哑，就连发出一个单音节也莫名低沉。

林佳一见他敷衍自己，无奈哼道：“你让我起来。”

李昀闻言不为所动，身体的重量如泰山一般压制着她，两人穿的是单薄的棉质睡衣，手腕脚踝裸露出来的肌肤互相摩擦。李昀牢牢抓着她的手指，任凭她如何挣扎就是不放开。

林佳一瞅他，无奈问道：“还睡不睡了，你先放开。”

月光照在林佳一饱满的额头上泛着白色的碎光，她准备入睡，所以散着头发，李昀的手指缠绕在她的黑发里慢慢地抚摸。

“我都听着呢，只要是你说的我都听着呢。”李昀的声音像水一样平静温柔。今晚他说了很多不像他平时会说的话，让林佳一有点发蒙。

“李昀。”她几乎是下意识地叫他。

“嗯？”

“我……”她也不知道自己想说什么。

“嗯。”

“其实我……唔……唔……”唇齿中的尾音被堵住，林佳一在黑夜中瞪大了双眼，然后只能看见李昀黑色的头发。

那晚李昀留在了林佳一的房间里，不过两人只是相拥而眠。林家父母起得早，为了避免被发现，李昀破晓时分便回了林森的房间继续睡觉。

早晨的第一缕阳光如期而至，林森还在酣畅淋漓地做着美梦。

李昀被枕头底下手机振动的声音吵醒，他半眯着眼睛皱着眉摸出手机，在状态迷离的情况下接通了电话。

“喂。”李昀嗓子发干，声音很哑。

对面是一阵哭哭啼啼的女人声音，他迷糊中感觉莫名熟悉，然后睁开双眼看了一眼手机屏幕，是一个陌生号码，不过是榕城本地的号码。

他心里隐约有了猜测。

“喂。”

兰芳的哭声断断续续从听筒里传出来。

“你怎么了？”李昀还是叫不出口“兰姨”两个字，那种感觉就像有刺在他心脏上戳，不是极致的疼，却足够要人性命。

“你爸他……”兰芳的声音听起来有些空旷，抽泣声越来越清晰，“你爸他……”

李昀此时已经彻底清醒过来了，他从床上坐起来，深蓝色的睡衣把他整个人衬托得非常忧郁。他拧着眉，一字一句地问：“我爸怎么了？”

他没注意到自己的言辞发生了变化，如果是以往，他一定只会问一句“他怎么了”，可是他在兰芳的哽咽和欲言又止中隐隐有些不安。

这种不安把他浑身的细胞都刺激得敏感起来。

所以他几乎是下意识地叫了爸。

他的直觉告诉他——李章可能真的发生什么事情了。

良久，李昀被妇人没完没了的哭泣弄得心烦，自知又不是乱发脾气的时候，所以他是第一次耐着性子和兰芳说话：“你先别哭了，告诉我到底怎么回事。”

电话那边突然变得乱哄哄的，有护士在说话:“你可以选择办出院，也可以继续留在医院，但是既然已经确诊了，还是回家休养吧，他的时间不多了，你们还是好好陪陪病人。”

兰芳哽咽答应着。

李昀闻言神色大变，语气也重了几分：“你们现在在哪家医院，我马上过去。”

兰芳吸了口气平复了一下自己的情绪，然后终于稳着声音说道：“你爸不让我打电话给你，是我自作主张。李昀，不管你是怨我还是怨他也好，你来看看他吧。”

李昀的大脑瞬间炸裂了，有数不清的念头蹿出来，他只记得挂断电话前的最后一句话。

兰芳说：“来见他最后一面吧，算我求你了。”

Chapter 12 走吧，我们一起回家

1

四面白色的墙壁充斥着一股萧瑟之感，空旷的走廊里脚步声异常清晰，消毒水的气味钻进鼻子里，刺激得大脑开始有些昏沉和难受。

李昀站在病房外面，手抬了一次又一次，犹豫许久最终还是推开了那扇门。

赶来医院的路上他想了许久，见到李章，他该用什么样的状态来面对，对于这个父亲，他始终是用逃避的态度。

小时候他亲眼看见李章带女人回家，他假装看不见；父母执意离婚的时候，他选择去学校寄宿；后来上大学很少回家，去了部队就再也没有回过榕城。

就这样一点一点地逃避，他甚至发现他的人生里，亲情这一个部分其实是空缺的，别人有多绚烂，他就有多苍白。

不管再坚强的人也会有一个不能让人触碰的软肋。

父母就是他的软肋。

李章戴着氧气罩，神态迷离地躺在白花花的病床上。

仪器嘀嘀嗒嗒的声音是那么清晰，几乎每响一下，心脏就会紧缩一下。

李昀没有说话，坐在病床旁静静地看着他。

李章脸色很白，是一种透着死气的白，曾经健壮的体魄早就因为病魔缠身而消失了，只剩一把皮包骨，感觉只要一碰就碎了。

李章似是感知到有人来，眼皮下的眼珠转动了几下，然后慢慢地睁开了。他现在无法进食，只能靠着吊葡萄糖来维持生命，身体的虚弱让他只是撑一撑眼皮都觉得累。

“你来啦。”李章睁了一下眼睛，然后又闭上了，气息微弱，声音模糊，“你还是来了。”

他的声音很小，几乎听不出情绪，可是李昀听见了。

那是一种不敢置信中带有的一丝欣慰和窃喜。

“你怎么不说呢？”李昀问。

李章生病的消息他不是不知道，可是他没想到的是已经到了这种程度。

兰芳说，李章前几年因为喝酒已经犯过两次脑血栓，虽然语言沟通上没有问题,可留下了行动不协调的后遗症,只能坐轮椅出行。其实，他只要安心养病，杜绝烟酒，勤加锻炼自然不会再犯这种病。

可是，半年前，李章检查出患有晚期淋巴癌，医生已经确诊，说即使是手术也无力回天。

难怪家里会有那么多药瓶子，他一直都很奇怪，原来上次回家看到的那些药瓶都是抗癌药。

“说了也是给你找麻烦，都是快死的人了，不想拖累你。”李章气若游丝。

李昀还是一字一句都听清楚了。

他突然觉得自己好像是一个很失败的人，不管是绝情还是有情，他都做不到。

“你休息吧，我过两天再来看你。”他眼睛和嗓子同时发酸，准备起身离开的时候被一双粗糙的手拉住了。

“小昀。”

李昀不敢去看李章微微睁开的双眼，只能低头牢牢盯住抓着自己布满青筋的手。

他害怕自己下一秒会在病房里哭出来，他不希望自己这样脆弱，也倔强地希望脆弱的自己不要被李章看见。

“休息吧，我会再来看你的。”李昀安抚性地拍了拍抓着自己的那只手，然后轻轻帮他把被子盖好，这才转身出了病房。

医院的走廊有凉风吹过，正午的阳光照在地面上折射出刺眼的

光芒。

他无声地擦掉即将溢出眼角的湿润，然后抬脚离开。

李昀难得没有工作，坐在办公桌前。他转过椅子，面对落地窗。华灯初上，微弱的淡黄色灯光在朦胧的夜色中连成灯海。

他没有开灯，就这样俯视着入夜后的光景。

这一刻他的大脑一片空白，不知道该去想些什么。

手机在振动第七次的时候终于彻底安静下来。

不知道这样过了多久，开锁的声音响起，李昀眼睫毛颤动，脑子里那扇空白的大门被一个熟悉的身影打开。

林佳一就这样推门而入，把他所有游离在外的情绪一瞬间拉了回来。

“你来啦。”长时间不说话导致他嗓子沙哑干涩。

李昀只穿了一件灰色的衬衫，在只有几步之遥的林佳一看来，今天的他异常单薄，好像随时都会塌掉一样。

房间的光线几乎全是外面灯火的照应，李昀侧脸的轮廓很模糊，那一瞬间，林佳一仿佛置身于伸手不见的大雾里，她只能通过李昀不断地叫她才能分得清方向。

她动作很慢，一步一步向李昀走过去。空气里静默的气息让人心惊，林佳一站着搂住了他，双臂护着他的头，掩盖那不知所措的泪水。

林佳一隐约听见有隐忍的哭声，她低下头，嘴唇印在李昀的发旋上。

一个人的忍耐极限是无法界定的，李昀自以为坚强如城墙般坚硬不可破，但是当他看见林佳一走进来的那一刻，拉回大脑的情绪反复拉扯着他，心脏瞬间收缩压迫，胸腔的酸涩几乎是瞬间炸裂。

他有多久没像这样哭过了？

记不清了。

他以为自己是恨的，可是如今他发现一个更可怕的事实，比起如今即将生死相隔两不相欠，他更希望李章能活着，这样他才有理由恨李章，才有理由加倍地恨李章。

2

“他快死了。”

不知过了多久，李昀压抑的哭声不见了，他的声音就像没有过起伏一般平静，字字透着死灰一般的冰冷。

半明半暗的光影在李昀的脸上浮动，林佳一就坐在离他不远的床边，静静听着他说。

“以前我只想不要看见他，如今快如愿了。”李昀淡淡地说，“你说我究竟错了吗？”

人都说，人之将死时，过往的那些事情就像走马观花一般呼啸而过，而李昀却在好好活着的时候开始想起过往那些纠缠，然后埋怨自己。

“好好陪他吧。”林佳一开口，“在最后的时间。”

没有对错，也说不清对错，所以在还来得及的时候，陪着你怨恨过、爱过的亲人走完最后一程。

李昀缩减了自己的工作时间，公司里的人都很惊讶，一个工作至上的人竟然开始三番五次地请假。

不过他什么都没有说，这段时间最常跑的地方就是医院。

李章最近的精神状态好了不少，除了盐水不能停之外，氧气罩已经可以暂时拿下来。

“我听你兰姨说，有个女生来医院找过你。”李章躺在病床上，费力地说。

李昀垂着眼，倒水的动作停顿一下，然后继续。

“期盼你找个媳妇回家，我可是期盼了好久呢。”李章嘴角咧开，那是一种发自内心的快乐。他年轻时，做事糊涂，是一个没有责任的男人。

“我过两天带她来看你。”李昀说。

李章的眼皮开始支撑不住地往下耷拉，即使精神好了许多，可是不能进食，身体没有力气，每天只能维持一小段清醒。在睡过去的最后一刻，他呓语：“你要快点啊，我可能支撑不了几天了。”

李昀的手指轻微颤抖，最后握成拳头。他用这种极力隐忍的方式来隐藏自己的情绪。

放在床边的手机屏幕亮了一下。

是林森。

“有结果了。”

李昀不想听主治医生的结论，于是拜托林森去关注李章的病况，他想知道现在的李章究竟病到何种地步，是不是真的到了无力回天的程度。

林森目前在急诊室，其他科室的事情他不好过问，于是花了一些时间拜托以前关系好的同事来打听，还亲自看了一眼李章的 CT。

两人约在医院的天台见面。

风呼啸而过，精钢水泥的建筑拔地而起，在这个光怪陆离的世界矗立，直通云层天际。

“怎么样？”

风带起两人的衣角，一黑一白，互相交错。

林森面无表情地摇了摇头。

李昀已经通过他的摇头得知确切的答案，但是依旧静默听着他继续说下去。

“淋巴癌本身就比其他的癌症棘手,这你是知道的。”林森如实说道。

李昀曾经也是医学生，怎么会不懂，如果是其他的癌症还可以手术切除后延长寿命，可是淋巴遍布全身，何况……

“何况，叔叔已经是癌症晚期了。”林森接着说。

李昀默不作声，风从耳畔刮过，一阵阵刺耳的声音充斥耳膜。

“李昀，你……”林森知道现在说什么都没用了。

“木头，我想自己待一会儿。”李昀掏出一根烟点上。

他最近医院、公司两头跑，医院禁止吸烟，他都快忘了这种麻木的滋味是什么感觉了。

林森会意，离开了天台，走时不忘拍拍他的肩膀，示意他不要太伤心。

远处的天际泛着苍白，李昀思量许久，最终还是掏出手机发了一条短信。

林佳一来医院送汤的时候被李昀留下了。

她看了看抓在自己手臂上的手，然后反手握住。李昀的脸色不是很好，不像往日那般意气风发。

“我爸想见你。”李昀说。

两人手牵着手进了病房，李章短暂清醒着，看见来人笑了笑，张口想说什么却一个音也发不出来。

医生已经下了最后通牒，基本就是这两日的事情了。

李昀虽然不说，但是他心里有多不好受林佳一能感受得到，她不自觉地抓紧了李昀的手。

李章走的那天天气特别好，阳光穿透了世界上的每一个角落，鸟儿在天空飞过，树叶随清风摇动。

林佳一有那么一种感觉，李章不是死了，而是被接走了，去到另外一个更绚烂的世界生活。

李昀请了假，在医院陪护。他不仅见了李章最后一面，而且还送了李章最后一程，也算没有遗憾。

兰芳在病房里抱着李章冰凉的手臂哭得死去活来，任凭护士和医生怎么劝阻都不听，最后还是李昀强制性带离的。

丧事办得很顺利。

兰芳早年来榕城打工，意外结识李章，两人干柴烈火走到一起，一过就是这么多年。李章对她来说不仅是丈夫，更是人生的支柱，如今支柱没了，她也没有留在榕城的理由，再三思量决定回老家度过残生。

那天，李昀破天荒地主动提出送她，站在汽车站的人流中，两人对立而望。

汽车站里嘈杂的声音没有掩盖住彼此的声音，李昀清楚地听到她说："孩子，对不起。"

多年以后的一句抱歉，化解了彼此之间所有的埋怨。

李昀没有说话，送她上了车。

此时天空宽广透彻，如刚洗过一般，白云依旧飘浮在蓝色的底蕴之中，像一幅刚上过颜色的水墨画，李昀抬头看了看，然后抬脚离开。

一场白色事情过后，剩下的只是余味悠长的平静，然后空洞。

林佳一怕李昀一个人会胡思乱想，所以最近几乎住在了他家。虽然林母颇有微词，不过经过李章去世的事情后，关于李昀家庭的前后始末也被她得知，她反对的态度倒不如之前那么强烈。

人活到一定年纪，反而对有些事情更加敏感，李章的死，让她这个为人母的人，产生了怜悯之心。

林佳一不管其他，只是一心一意地把心放在李昀身上。

"明天是头七，我要请假准备一下。"李昀坐在床铺上，向来挺直的腰身此时微微弯曲，这是他疲累的时候会流露的样子。

"我明天陪你吧。"林佳一搂着他的胳膊。

"不用。"李昀伸出胳膊回搂住她的身体，把她揽入自己怀里，抬眼看了一下外面黑透了的天，劝道，"你今天还是早点回家吧。"

“我不。”林佳一往他怀抱深处蹭了蹭。

“伯母会担心的。”李昀故意这么说，其实他想表达的是林母会不会更反感他，不过他现在实在没有时间和精力去找林母正式地谈一谈。

“我妈最近松口了。”林佳一凑近他的耳朵吹气，“你不知道上次二姨打电话给我介绍对象的时候，你猜我妈怎么说的？”

林佳一沾沾自喜，完全没有看见男人瞬间紧皱的眉头。

“我妈说……”她的侧重点还在这儿，“啊……”

人被推倒在柔软的床铺上，随之对上李昀黑得发亮的瞳孔。

“你去见了？”李昀冷不丁来了这么一句。

林佳一迟钝很久反射弧才到站，恍然大悟，然后抿着嘴笑道：“你吃醋了哈？”

李昀不答反而哼了一声，专挑她敏感的地方下手，林佳一大呼救命。

“冬菇，救命啊……唔……”

冬菇躲在小被窝里猛然听见有人叫它，它抬头晃了一下脑袋，然后继续它舔爪子的光荣事业。

第二天李昀接到了一个电话。

他在看到来电显示备注的名字时，手顿了一下，有一种陷入梦境的不真实感。

“喂。”他没有发现自己的声音里有微微的颤抖。

“他怎么样了？”对面是一个女人的声音。

“我以为你不会在乎了。”李昀声音淡淡的，毕竟他发过去的短信没有得到任何回复。

林佳一的动作停住了，她看见李昀站在落地窗前，有晨光打在他的脸上，他的侧脸俊朗分明，挺立的鼻尖有炫目的光晕，可是他眼底的神色依旧那么沉郁。

即使是阳光，也驱逐不散。

李昀很久没有说话，最后只听见他说了一句："我今天忙，过段时间找你。"

他挂了电话，在窗前站了很久才继续收拾。

林佳一没有问对方是谁，不过她猜到对方一定是和李昀有很深感情羁绊的人，不然他不会流露出那么浓厚的情绪。

只有面对最亲近的人时，李昀才会变得和小孩子那般脆弱。

3

赵糖依旧忙，忙得连吃饭的时间都是挤出来的。

她的生活没有特别大的改变，唯独改变的是她与曹珂的关系。

如果以前两人只是泛泛之交的同事的话，现在可以算是名副其实的战友关系，两人会搭组在一起做新闻专题，会一起出外勤采访，甚至偶尔加班的时候也故意凑到同一天。

赵糖也变得主动了些，曹珂毕竟是她前辈，她工作上有任何瓶颈都会向他请教，而曹珂有时会打趣她——知道向师父虚心请教。

她一听而过，然后继续投身工作。

这天中午，曹珂和同事吃完饭往公司走，路过一家牛肉面店时，脚步顿了一下。他想到这几天他都是给赵糖带便利店的快餐，那玩意儿吃多了对身体不好，应该给她换了。

“哎,你们先走,我去买点儿东西。”曹珂拍着身边同事的肩膀说道。

“买烟啊？不用，公司楼下便利店就有。”

“不是。”

同事眼睛一转，嘻嘻笑道：“怎么，又给赵糖带饭啊。我说你一个大老爷们儿，想追人家姑娘就直白点儿，老是这么弯弯绕绕的有意思吗？”

曹珂真想抽他一个大鞋底子：“你有完没完，快点走。”

“说吧。”同事手欠地搂上他的肩膀，然后另一只手拍拍他的胸膛，“跟兄弟说说，什么时候起的心思啊？”

曹珂愣了一下，其实他也不记得了，也许是在公司见的第一面，他见到她手足无措的样子，也许是出外勤时被她紧张的小模样逗笑了，后来每一个工作日，甚至每一个加班的夜晚他都希望两人能在一起。

感情永远都是在时间的发酵中越来越深刻，当发现自己泥足深陷时，已是无法回头。

如果，她没有遇见那个叫陈禾的人就好了。他想。

自他看见那件外套之后，他每一次回头偷看她时，她永远都是在本子上写写画画露出灿烂的笑容。

他有一次好奇，趁她不在位置上的时候偷偷看她的记录本，其中有一页满满写着同一个名字——陈禾。

“喂，兄弟，傻啦。”曹珂陷入回忆的思绪被同事叫了回来。

“行啦，你先走，我马上就回去。”曹珂害怕自己的心思被发现，没给同事说话的机会便跑了。

这家牛肉面店经营很久了，有时大家加班后会聚在这几平方米的小店里吃个夜宵。

曹珂打包了一碗大份牛肉面，还让老板加了很多香菜，他不懂一个女孩子怎么会这么喜欢吃香菜。

赵糖忙着写新闻稿，每次都要写几版稿子，再和主编进行一场生死对决才能勉强过关。

牛肉面的香气钻入鼻子里，没等曹珂走过来，她先一步回头看见他拎着牛肉面站在她后面。

“给我的？”赵糖不敢确定地问。以前都是带快餐便当，今天怎么会这么好心给她带牛肉面？

曹珂对上她的眼睛竟然有些心虚，不知道是不是刚才同事无意的玩笑影响了他，让他回忆起某些事情后，心思忍不住泄露了。

“趁热吃。”曹珂把牛肉面放在她办公桌上，然后人飞速走了。

这人……

赵糖都没来得及消化他今天突然不太一样的行为到底是什么意思，最后只能对着曹珂的背影小声喊了一句：“一会儿给你转钱，你记得收。”

曹珂没回头。

这人今天是怎么了？

赵糖看着还冒着热气的牛肉面，疑惑地想着。

近些日子曹珂帮她带饭几乎成了一种习惯，不过每次带的都是楼下便利店的快餐，而且每次曹珂都会嬉皮笑脸地和她贫几句，而今天他就连平常的贫样儿也收敛了起来，她怎么想都想不通。

“还给什么钱啊，多生分。”有同事见状开始说起每日一次的玩笑，“那是曹珂特意给你买的爱心牛肉面。”

在办公室里坐着的零星几人哈哈笑了起来。

如果是往常，赵糖一定不会把这样的玩笑话放在心上，她打开牛肉面，低头见到上面一层绿油油的香菜，忍不住皱起眉头。

曹珂不会是真的……喜欢她吧？

办公室里静悄悄的，赵糖又留下加班，她只开了一盏工作用的小台灯，在黑乎乎的办公室发出微弱的淡黄色光芒。

赵糖埋头苦干，键盘发出噼里啪啦的声音，格外清晰。

她最近都不是特别想回家，父亲和她虽然生活在同一个屋檐下，但是生活轨迹完全就是两条平行线，父女两人谁也不搭理谁，只是偶尔她实在忍不住了才会拉着父亲出去转转，晒晒太阳。

她回家也是一个人躲在房间里胡思乱想，想得最多的还是陈禾。

赵糖从百忙中抬起头，外面的天已经黑透了，初秋的风有些凉，透明的玻璃上已经挂上一层薄薄的雾气。

楼道里似是有脚步声，大门外的声控灯也是亮了又暗，暗了又亮，她抻长脖子看了看，却没有看见有人来。

一种酥麻的凉意在背后蔓延。

她害怕地想，不是这么邪门吧？

她关掉电脑，赶紧收拾好东西，想用百步穿杨的气势冲出去，顺便吓一吓这些不知名的妖魔鬼怪。

她站在自动玻璃门内张望了半天确定外面没有人，然后准备走出去，嘴里还念叨着各路神仙佛祖菩萨罗汉保佑。

这时，肩膀被一只大手搭上，赵糖感觉自己后背直冒冷汗，汗毛也纷纷竖起来。

“啊——”

赵糖闭上眼睛，不管三七二十一地大叫出声。

空荡的走廊因为突如其来的高昂女音刺激得灵魂都在发抖。

那人搂着她，一只手竟然还试图去捂她的嘴巴，她眯着眼，脑子根本来不及思考，张着嘴用力咬了下去。

那人吃痛地“嘶”了一声。

她依旧不敢睁开双眼，但是理智总算找回了大半。

鬼应该不会感觉到疼吧？而且刚才她咬到的那块肉好像还是热乎的。

妈呀……是人。

赵糖赶忙睁开眼睛，看见眉头紧皱的曹珂捂着手，有红色的液体流下来。

刚刚赵糖那不顾后果的一嘴，还真是用了十足的力道。

“你……你怎么在这儿啊？”赵糖慌乱,看着那红色血液有点害怕，“快给我看看。”

曹珂下意识地躲了一下。

“别逞强，我瞅瞅。”赵糖走向他，抬起他受伤的手，“办公室应该有医药箱的，我先给你处理一下，别感染了。”

曹珂咧着嘴说不出话，任赵糖摆弄。

两人坐在茶水间的凳子上，赵糖先是用酒精给伤口消毒，然后又抹了一层云南白药止血。虽然力道很重，所幸牙齿不是特别锋利，所以只是毛细血管破裂才会有血渗出。

赵糖拿着纱布一层一层圈上曹珂的手，细心又认真。

白炽灯下赵糖的小脸看起来有些发白，可能刚才的恐惧感还没有完全散尽。她鬓角的头发被冷汗打湿，黏糊糊地凝成一团，曹珂却意外觉得这样的赵糖格外好看，他眼底有散不尽的柔情，就这样直愣愣地盯着她，不想移开眼睛。

可惜赵糖专心包扎，完全没有注意到对方的眼神。

周围太安静了，只有彼此轻微的呼吸声交错起伏。

“我说你胆儿也太小了。”曹珂嬉皮笑脸，一如从前。

赵糖抬着眼皮瞪了他一眼，嘟囔道：“还不是你吓我的。你不知道这个世界上人吓死人是最憋屈的一件事情吗？”

曹珂一边看着她，一边憋着笑。

“你还好意思笑。”赵糖恶作剧一般加重了包扎的力道，蛮横地缠了几圈，曹珂没有防备，被弄得龇牙咧嘴地“嘶”了几声。

赵糖见状，出于某种不好意思的心态还是软了态度：“你没事吧，你可别想趁机讹人啊。”

“讹你就不会给你带吃的了。”曹珂咧着嘴。

这时候，赵糖才发现茶水间的桌台上有两盒日式料理，是公司同事经常聚餐的那家，赵糖最喜欢他们家的寿司卷。

“怕你晚上饿肚子。”曹珂说，“所以就来了。”

他自己都没有意识到此时他说这话有多温柔，那种温柔从四面八方袭来，把赵糖包裹起来。

“你……”她之前怀疑的事情再度摆在面前，让她不得不去直视面对。

最近曹珂对她的态度显然发生了变化，中午的牛肉面、晚上的寿司卷都是她平时特别喜欢吃的。

如果不是喜欢她，没有任何理由可以解释现在这种情况。

“对不起。”

静默很久之后，她垂下眼睛说道。

她不敢去迎向曹珂注视她炙热的目光。

她要拒绝他，就不能给他希望。

曹珂期待的目光稍纵即逝，在她一声对不起过后彻底没了痕迹。

“我有喜欢的人。”赵糖坦白。哪怕我不能和他在一起，却是真实存在过的感情，我不能在明知道自己还没有完全放下的时候无耻地给予另一个人希望。

也许很快她就会忘记陈禾了，也许她也如父亲一般执着，一生都忘不了。

但是，不管是哪一种，都需要时间来给予答案。

“我……”她还想再说点儿什么，至少能够让曹珂明白自己真正的态度。

“你不用说了。”曹珂捂着手，淡淡道，“不管你现在说什么都不会改变我心中所想，就像我现在不管做什么都动摇不了你的心是一样

的。”他顿了顿，又说，“赵糖，有些事情其实不必说得太开，我们还是同事，是朋友，这份感情怎么都不会变，你说对吗？”

赵糖点点头。

“快吃吧，一会儿该凉了。”曹珂笑着跳过话题，将寿司递给她。

赵糖抿一下嘴角，拆他台：“本来就是凉的。”

“哎，你这养不熟的小浑蛋。”曹珂奓毛，“白对你这么好了。”

赵糖吞了一个寿司，盯着他的手，口齿不清道：“明天最好还是去医院看一下吧，我处理得不够干净，回头别得破伤风了。”

曹珂笑道：“就你那小破力道，我还受得起。”末了，他不忘打趣一句，“再说你又不是狗。”

赵糖于心有愧，又吃人嘴软，只能默不作声咽下这口被挤对的气。

4

有一个紧急外勤任务落在了赵糖和曹珂的身上。

他们俩被紧急召集到办公室，领导看着电脑，一边用手摩挲着下巴，一边交代道：“上次做的盗窃新闻影响不大，近日有知情人士投诉，说今日西城街一带有很多小偷出没，许多乘客在车站丢失钱包、手机等重要物品。这类的新闻我打算再做一次，让沉寂许久的波浪再推送一次，正好最近社会版块出现内容短暂空缺，大家正为下一季度的新闻在找新的热点。”

领导抬头看着面前排排站的赵糖和曹珂，说道：“最近你们俩合作很默契，而且你们俩也是做过这类新闻的，有这方面的经验，所以最近你俩暂时先放下手上的任务，跟这个吧。”

然后他突然想到什么，看着赵糖郑重说道：“你可别像上次那么冲动了，一切听曹珂的。”随后转向曹珂交代，“你看着她点儿，别让她捅娄子。”

那语气俨然是老父亲在管教不省心的女儿。

曹珂憋着笑点头称是，然后拉着满脸委屈的赵糖离开了办公室。

“想什么呢？”曹珂看着她笑。

“我有那么不让人省心吗？”她无奈叹气。

曹珂笑着揉她毛躁的头发，说道：“走吧，小不省心。”

西街长途汽车站，他们俩之前来过一次，轻车熟路地就安排好了运作轨迹。

此时是坐车高峰期，扒手出现的概率很高。

正想着，有三个男人进入视线，他们目标紧锁住一个背着包的女人。其中两个男人假装乘客在人群中挤来挤去，另一个躲在后面趁着大家上车的空当，快速地在女人的包上划出一道长长的口子，然后悄无声息地把钱包偷了出来。

“手法挺快。”赵糖称赞道。

曹珂用惊悚的目光看着身边的女人。

“看我干吗？”赵糖不屑道，“赶紧跟上啊。”

两人同时跟着那个出手盗窃的男人进了巷子。

盗窃的男人把钱包里的现金拿走之后，就随手把钱包扔进了附近的垃圾桶里。

赵糖在男人离开后把那被扔掉的钱包捡了回来。钱包很是精致，她拍了拍上面的灰，想着这时候失主应该已经差不多知道自己被扒了，她把这个交到失物招领处，让他们联系失主吧。

“喂，你拍好了视频没有？”赵糖看向在一旁对着她比比画画不知道在干什么的曹珂。

曹珂嬉皮笑脸：“拍好了，高清滤镜都开了，拍得超级美。”

赵糖皱眉：“你说什么呢？”她一把抢过曹珂手里的摄像机，屏幕上定格的是她迎着夕阳的侧脸。

如曹珂所说那样，她被拍得很美。

“我就说超级美吧，大学时我好歹还是摄影社团的副社长，绝对不是浪得虚名。”曹珂笑道。

赵糖嘴角微翘，小声嘟囔了一句：“无聊。”

两人小打小闹地往回走，赵糖嘴里念叨着：“一会儿把钱包送到附近的失物招领处，虽然钱丢了，好歹里面的证件还在。”

“行，都听你的。”曹珂笑着应道。

不远处，一个熟悉的身影矗立着。

赵糖目光一顿，然后停下脚步。

陈禾依旧身穿那件熟悉的外套，他推着送货的推车，两人在风中对视，周围安静下来。

许久不见，陈禾的样子没怎么变，还是那张冰冷的脸，没有任何的表情。

依旧熟悉的地方，熟悉的场景，他们之间的缘分始于一场萍水相逢的搭救，却抵不过命运的摆弄。

她的感情并不是无任何意义，陈禾的那句喜欢在她往后余生里都存在着。

风带走了前尘往事，而他们始终要面对新的生活。

5

李昀特意挑了一个日子动身去深城。

那是他母亲和李章离婚后居住的城市，所以当初他离开部队后首选的地方就是深城。母亲在四年前改嫁了，这是李昀来到深城之后才得知的，本来抱着一腔期待炽烈的心情，却被浇了一桶凉水后没了勇气。

如果不是李章重病,他想他一辈子也不会再翻出这个他熟悉的号码。

林佳一知道他要出一趟门，也知道他要见的是谁，但她只是默不作声地陪着他，送他上车，然后笑着说会等他回来。

然而，李昀不知道的是，就在他坐车离开的一个小时后，林佳一就买了下一趟去往深城的车票。

咖啡厅的环境很幽静，空气中弥漫着淡淡的苦涩香气，头顶悬着一盏漂亮的白色水晶吊灯，发出暗黄的光芒，把整个屋子的气氛衬托得迷离又悠闲。

李昀坐在双人座上，时不时看向对面的落地窗。那儿坐着一个女生，双脚很舒适地放在棕色的羊绒地毯上，左手边的咖啡还冒着热气，然后对着面前的电脑噼里啪啦地敲。

晌午的阳光透过落地玻璃洒在棕色的地板上，李昀失神片刻，紧接着抬起眼睛，看见一个熟悉的身影。

“好久不见了，小昀。”尹芳淡淡地开口。

李昀神色冰冷，眼底满是不屑。尹芳改嫁四年，这四年里几乎对他这个儿子不闻不问。

他打量这个精致的女人，即使是五十岁的年纪，脸依旧和陶瓷娃娃一般，身上穿的衣服和手里拿的手提包都是奢侈品。

她现在过得不错。这是李昀在与她对视良久之后，脑子里第一个窜出来的想法。

“你现在过得好吗？”李昀明知故问。

“嗯。”尹芳淡淡应道。

“他对你也很好吗？”李昀不自觉地轻轻磨牙。

“是的，我先生对我很好。”尹芳兴奋道，“小昀，你有个弟弟了，妈下次带他来看你，你不知道现在小杰多可爱……”

“尹女士。”李昀打断她。

尹芳收起笑容看着他。

李昀突然觉得自己很可悲，他恨了李章那么多年，埋怨了那么多年，全是因为李章对不起他的母亲。他一心念着母亲，却不料，人家早已是幸福美满，心里还怎会有他的一席之地。

“你不是想知道关于我父亲的事吗？”李昀郑重地说道。

“他走了。”李昀一字一句，“走得没有任何痛苦。”

尹芳秀气的眉微微皱起：“什么病？”

“那已经不重要了。”李昀说，“不过他有话留给你。”

这也是李昀今天会出现在这里的原因。

李章走的那天，最后的时间很清醒，回光返照。

他和李昀聊了很多，从小时候开始，到后来他做错事，失去了一个做父亲和丈夫的资格。

人之将死，其言也善。

李昀相信那一刻李章说的所有话，都是肺腑之言。

弥留之际，李章提起了尹芳。

“如果……如果你以后有机会见到你母亲的话，能不能帮我带一句话？”李章的气息很弱，说话的语气如尘埃一般，感觉随时会消失不见。

“你说，我一定带给她。”李昀忍着哽咽，可是眼泪还是诚实地流了下来。

“我年轻时犯浑，对你对她都没有负起责任，如今我也算得到了报应。”李章闭着眼，嘴唇轻微抖动，“我一直没有机会对她说……对她说一句抱歉的话。”

他用尽最后的力气艰难地说：“你帮我对她说一句，我……对不起，还有……还有我不求她原谅，如果可以，请永远恨我。”

如果人生爱不得，那么只能用恨铭记。

咖啡已然凉透，对面的座位空荡了许久，女人目光愣怔了许久。

咖啡厅里点餐的声音络绎不绝。

女人擦干净脸上的泪水，最后起身离开。

深城经过上次的事件后，恢复如初，高楼大厦依旧矗立，城市依旧欣欣向荣。

李昀离开咖啡厅后，看着街上车水马龙，不知道该往何处走。

他内心如同一个巨大黑暗的冰窖，寒冷无光。

他微低着头慢慢沿着街边走。

“帅哥，一个人吗？”

身后有人说话。

声音熟悉，他下意识地停下脚步，转身回过头。

林佳一站在他身后，背着手，对着他笑。

李昀淡漠许久的脸在看见林佳一之后终于有了变化，他无意识地微微翘起了嘴角。

林佳一喜欢看李昀笑，喜欢看他两边嘴角都翘起来的样子，脸颊会有浅淡的酒窝出现。

“我今晚一个人，要不要跟我回家？”林佳一继续搭讪的戏码。

李昀盯着她许久，然后笑道：“好哇。”

黑暗冰冷的世界被打开了天窗，有无数温暖的阳光铺天盖地洒下来。

- 正文完 -

番外 与你相伴一生

这一年，榕城进行大规模的动迁重造，李唐决定离开这里，带着父母移民国外。

李唐搬家的时候发现了一个黑色的皮质本子，封面上细细的纹路已经布满了薄灰。

这个本子有一点复古，不像是年轻人的。

李唐以前听母亲说过，祖父是一个喜欢默默记录的人，他活到了八十七岁，只是他晚年的时候记忆力特别不好，所以会把每天发生的事情记录下来，用以怀念和提醒。

李唐把本子上面的浮尘擦干净，然后翻开扉页。

上面的字迹已经模糊到认不出来了，黑色的字体洇出一摊斑驳的印记。

李唐一页一页地翻下去，本子里没有长篇大论的记叙文字，只是每一个事件都用一句话和一个清楚的时间记录。

2012 年秋

那是我第一次在木头的皮夹夹层里看见你的照片。

2016 年秋

我踏上归乡的飞机，没想到能遇见你。你误会了我和木头的关系，让我忍俊不禁。

2016 年秋

我给木头打电话借两身衣服，他说他很忙，本来我打算去附近的店随便买一件糊弄一下，但是木头临时说他有办法给我送来。我在小旅馆洗漱等待，心里有那么一瞬间隐约期待会是你。

2016 年秋

我只是装得很淡定，其实你不知道的是，你的手伸过来为我系扣子的时候，我竟然有一种阔别已久的悸动。

2016 年秋

刚刚那碗面条真的很咸，可我看你应该是太饿了，所以就这么囫囵吞枣地全吃下去了。我进办公室之前和你一起坐在沙发上看你不自觉地舔了好几次嘴唇，想必是那碗咸面条的副作用来了。所以我拜托那位美丽的秘书小姐给你冲了杯茶，其实我也没想到自己能有这么大的面儿。

2016 年秋

你帮我找房子，我很感激你。同时我也发现自己对你的关注也开始多了起来，这更像是一种本能。

2016 年冬

与陈禾的相逢，让我想起很多往事，包括赵婷。所以当木头问我是不是认真的时候，我很准确地给出了答案。其实在那之前我已经反复做了很多次的思想斗争，而每一个答案都是你。

2017 年春节

你站在我面前，跟我说，让我跟你走。

我就打算跟你走。

2017 年春节

那晚我们第一次接吻，我甚至忘了自己是谁。

2017 年冬

我们开始正式交往。那天办公室有人在讨论把猫崽往外送，我鬼使神差地就要了一只，我想用猫把你勾来。我第一次会因为爱情做这么离谱事情。

2017 年春

深城事件，对所有人都是一个生死回顾的节点。那天我在人群中

穿梭，突然想到如果有一天我或者你谁先离开了，那么剩下的那一个一定会很难过吧。所以我一定要保重自己，先护着你。

我累到用一根烟来纾解，茫茫白雾的尽头，你飞奔过来，用力抱住了我。

2017 年夏

怀疑你怀孕的那天，我脑子是真的爆炸了。我想过一百种可能来解决你可能怀孕这个事情，未婚先孕对于女孩子来说毕竟不是一件好事。所以我不希望你的父母对我有任何的不满，我想和你在一起，就要熬过所有的难关。

2017 年秋

父亲离世的消息对我固然是重创，无论是爱是恨，我对他的感情都化作了烟尘消失在茫茫大地。我感谢命运，让你出现在我的生命里，让我觉得时间没有那么难熬。

2018 年秋

这一年我三十岁。

三十而立，而你决定嫁给我。

2075 年春

我最终还是守护到你比我先一步离开。

2075 年秋

我始终没有认认真真对你说过一句话，不过你却从来不怨我。

林佳一，我爱你。

时间停止在 2075 年，李昀在那年的秋天安详地离去。

李唐看完最后一页记录后，默默地把本子合上，装在自己打包书籍的箱子里，将它带走。

图书在版编目（CIP）数据

初见你的美丽晴天 / 程亦清著. —石家庄：花山文艺出版社，2019.5

ISBN 978-7-5511-4621-0

Ⅰ. ①初… Ⅱ. ①程… Ⅲ. ①长篇小说—中国—当代Ⅳ. ①I247.5

中国版本图书馆CIP数据核字(2019)第082240号

书　　名：初见你的美丽晴天
著　　者：程亦清

统筹策划：张采鑫
特约编辑：杨吉晨
责任编辑：卢水淹
美术编辑：胡彤亮
责任校对：齐　欣
装帧设计：西　楼
封面绘制：池袋西瓜
出版发行：花山文艺出版社（邮政编码：050061）
（河北省石家庄市友谊北大街330号）
销售热线：0311-88643221/29/35/26
传　　真：0311-88643225
印　　刷：长沙鸿发印务实业有限公司
经　　销：新华书店
开　　本：880×1230　　1/32
印　　张：9.125
字　　数：195千字
版　　次：2019年6月第1版
2019年6月第1次印刷
书　　号：ISBN 978-7-5511-4621-0
定　　价：36.80元